KB070341

우리는

매일을

헤매고,

해내고

우리는

매일을

헤매고,

해내고

오늘을 포기하지 않는 우리들의 이야기

임현주 지음

한겨레출판

매일 조금 더 잘 해내고 싶어서,
헤매고 해내는 우리의 이야기

¶

어떻게 무너지지 않고 지금까지 올 수 있었을까. 가끔 그런 생각이 들지 않나요. 헤매는 날들이 많지만, 지난 하루는 무너졌지만, 그래도 다시 오늘을 살아가고 있다는 사실에 저는 안도합니다. 하지만 알죠. 언제든 다시 이 평화가 사라지고 혼란에 빠질 수 있다는 걸. 이젠 뭔가 더 잘할 수 있을 것 같다가도 다시 아무것도 모르겠다 싶은 게 인생이라는 걸.

방송국도 여느 직장처럼 위계와 갈등, 보이지 않는 긴

장감, 경쟁이 존재합니다. 예민한 감성과 이성적 다짐이 공존합니다. 제게도 관계 때문에 힘들고, 출근길이 두렵고, 내일을 예측할 수 없어 불안했던 날들이 있었습니다. 13년여의 시간 동안, 도망치고 싶거나 아무것도 하고 싶지 않았던 날, 열심히 노력해도 안 될 것 같아 절망감을 느낀 날, 기회가 언제쯤 올까 하염없이 기다리며 지쳤던 날들이 있었습니다. 누군가의 말이 계속 무겁게 마음에 남고, 선택을 되돌리고 싶고, 오해받는 게 억울해 잠들지 못하던 때도 있었습니다.

그 시절, 곁에 있는 사람의 다정한 안부, 칭찬, 그리고 지혜가 없었다면, 다른 이의 경험담을 듣고 나만 겪는 어려움이 아니라는 걸 확인하며 힘을 낼 수 없었다면 얼마나 피폐해졌을까요. 마음을 나눌 한 명만 있어도 견딜 수 있다는 걸 그때 절실히 깨달았습니다. '성장'이라는 건 계속해서 내 안에 용기와 다정함을 키워나가는 과정인 것 같습니다.

버티다가 해결점을 찾기 전에 포기해버리면 트라우마나 자책, 후회만 남을 수 있다는 것도, 결국 어떻게든 지나고 나면 미운 사람이든 나를 서운하게 했던 사람이든 또는 그런 상황이든 이해하게 된다는 것도 그때 알았습니다. 그리고 이제는 누구에게 마음을 내어줄지, 언제 응수하고 지나가게 할 것인지, 맺고 끊는 법에 대해, 거절하는 법에 대해, 내가 섣불리 판단할 수 없는 것에 대해, 열정을 다루는 방법에 대해 알려준 그 시간들에 감사합니다.

글을 쓰는 내내 지금의 저에게 되물었습니다. 만약 그때로 돌아간다면 너는 어떤 선택을 할 것이냐고. 언젠가 사랑하는 조카가 너에게 고민상담을 해온다면, 너에게 도움을 주었던 그 사람들처럼, 어떤 말로 다독여줄 것이냐고 말입니다. 이 책은 어찌 보면 그에 대한 저의 긴 대답입니다.

《우리는 매일을 헤매고, 해내고》에는 저의 경험뿐 아니라 인터뷰하며 만난 사람, SNS와 클럽하우스* 등 온라인에서 만난 사람들의 이야기와 위로가 함께 담겨 있습니다.

잘하고 싶어서

무너지고 싶지 않아서

자유를 꿈꾸며 헤매고, 해내는 우리의 이야기입니다.

* '직장생활'을 주제로 클럽하우스에서 한 달여간 토크룸을 열었을 때, 이곳에서 나누는 이야기들 중 극히 일부는 책에 실릴 수 있음을 알리고 동의를 얻었습니다. 또한 모두 익명 처리를 하였고, 내용을 일부 변형했습니다.

contents
• • • • • • •

1

출근길 강변북로를 달리며

: 매일 일어나게 하는 힘에 대해

"우리는 오늘도 완결을 위해 울퉁불퉁한 길을 달린다."

———————————————————

2

부딪히고, 사랑하며

: 인간관계에 대해

"상처 없이 행복할 가능성도 버릴 것인가,
상처받더라도 행복해지는 길을 택할 것인가.
나의 답은 후자였다. 나는 다시 마음의 걸개를 열고
깊게 꼬이는 관계로 뛰어들기로 했다."

〰〰〰〰〰〰〰〰〰〰〰〰

3

괴롭힘에 맞서 나를 지키는 것

: 용기에 대해

"'상대가 나를 어떻게 생각하거나 행동하건,

나는 더 잘될 거야'라고 생각해요.' 맞다.

누가 뭐라 하던 내 갈 길을 독보적으로 가는 것.

우아하게 한방 먹이는 방법이 아닐까 싶다."

4

프로의 세계에서 배운 것

: 노련함에 대해

"해야 할 말을 하는 것보다,
하지 않아야 할 말을 아는 것이 더 중요하다."

5

고유한 내 모습으로 일한다는 것

: 편안함에 대해

"축 처지는 마음을 끊어내는 나만의 작은 방식들로
무사히 하루를 보내고 나면, 지금보다 홀가분한 내일이 찾아온다.
들쑥날쑥했던 오늘은 나만 아는 비밀이 된다"

6

좋아하는 일을 계속 좋아할 수 있도록

: 버티는 힘에 대해

"기왕 지나가야 할 시간이라면 기대감에
무게를 실어보는 게 좋지 않을까.
지금의 시간이 훗날 어떤 의미로 남게 되리라 믿으면서."

~~~~~~~~~~~~~~~~~~~~~~~~~~~

출근길 강변북로를 달리며

1

매일 일어나게 하는
힘에 대해

"우리는 오늘도 완결을 위해
울퉁불퉁한 길을 달린다."

주연과 조연 사이

---- ✳ ----

¶

"살다 보면 주연이 되기도 하고, 다시 조연이 되기도 한다.
나도 매번 그 둘의 언저리에서 기웃거린다."

아나운서는 끊임없이 자신을 의심하게 되는 직업이
다. 어떤 면에서 매일 도를 닦는다고 할 수 있다. 하고 싶
은 방송이 있다고 해서 마음껏 할 수 있는 것도 아니고,
애정을 가졌던 프로그램에서 어느 날 갑자기 교체가 되
면 하릴없이 생각이 많아지며, 주위의 이런저런 평가에
마음이 흔들리기 쉬운 환경이다. 일이 많아도 힘들지만,

일이 너무 없어도 자존감이 흔들린다. 내 옆의 동료는 다양한 활약을 할 때 나는 할 수 있는 게 그다지 없다고 느끼는 날들이 찾아오기도 한다.

기다림이 길었던 시기가 있었다. 그 시절엔, 보고 있으면 내 마음이 투영되는 것 같아서 유독 뮤지컬을 많이 봤었다. 고뇌하고 답답한 상황에 있는 인물이 불러주는 아리아를 들으면 어디에도 말하지 못한 불안함을 동질감으로 잠시나마 해소할 수 있었다. 자신의 감정을 저렇게 노래로, 표정으로, 연기로 표현할 수 있는 재능과 능력을 갖고 있다는 건 축복이구나, 다음 생에 뮤지컬 배우로 살수 있다면 행복하겠다 생각했다.

무대를 바라보는 관객들의 시선은 으레 주연 배우에게 향하기 마련이지만 그때 나는 주연 배우 옆에서 크게 주목받지 못하더라도 열심히 연기하는 조연 배우들의 얼굴을 살폈다. 아는 지인들만 알아볼 수 있는 역할이지만 본인의 최고치를 다해 쏟아내는 모습이 감동적이었다. 그는 어떤 생각을 하고 있을까. 이렇게 여길지도 모른다. '아직 나에게 더 큰 기회가 오지 않은 것뿐이야.' 당시 내가 되뇌곤 하는 말이었다. 하지만 그는 끝내 주연 배우가 되지 못하고 커리어를 마감할 수도 있을 것이다. 그것도 높은 확률로. 그렇더라도 지금 최선을 다하는 것이 그가 할 수 있는 전부라는 것은 명백한 사실이었다.

'끝내 주연이 되지 못한다면 슬프겠지…' 영화 〈소울〉은 그런 고민에 대한 지혜를 안겨준 나의 인생 영화다. 영화에는 재즈에 진심인 '조'가 등장한다. 선생인 조는 이루지 못한 재즈에 대한 꿈을 간직하고 있었다. 그러다 우여곡절 끝에 꿈에 그리던 무대에 올라가 피아노를 연주한다. 황홀한 기분으로 연주를 마쳤지만 막상 공연을 마치고 나온 그는 왜인지 허탈한 얼굴을 하고 있다. 간절히 바랐던 일인데 왜 이런 기분이 드는지 알 수 없다고 말하자, 그의 선망의 대상이었던 색소폰 연주자 도로테아가 '어린 물고기' 이야기를 들려준다. 평생 바다를 그리워했던 어린 물고기가 있었다고. 그런데 어린 물고기가 바다로 가고 싶다고 투덜대자, 어른 물고기가 '이미 너는 바다에 있다'고 말해주었다고 말이다.

"조, 너도 이미 오래전부터 바다에 있는데 여전히 바다를 그리워하는구나!"

도로테아는 말하고 싶었던 것이다. 이미 행복을 느낄 수 있는 것들이 곁에 있는데 계속해서 사람들은 더 큰 행복을 찾는다고 말이다. 이 장면에서 관객들은 쿵 하는 감정을 느낀다. 바다에 있으면서 또 다른 바다를 찾고, 또 다른 바다를 찾고…, 그러다 얼마나 많은 것들을 우리는 놓치고 사는지….

조가 허탈한 표정을 지었을 때, 나도 똑같은 실수를 반복하고 있다는 걸 깨달았다. 아나운서를 꿈꾸던 때엔 원하는 방송국에 합격만 한다면 월급을 받지 않아도 좋겠다고 생각했었고, 세상 부러울 게 없을 것 같았다. 하지만 막상 방송국의 출입증을 목에 걸었어도 어제의 나와 오늘의 내가 특별히 달라진 건 없다 느꼈다. 소속감과 조금 더 두둑해진 지갑이 안정감을 주었지만 그것 때문에 행복해! 하는 날은 금세 사라졌다. 내가 가장 가까이서 경험하고 생활하는 것들은 크게 달라지지 않은 듯했고, 나는 또다시 다른 성취를 바랐다.

알면서도 자주 잊어버린다. 무엇을 가졌든 그보다 더 갖지 못해 아등바등 하는 사람은 여전히 불행하고, 원하던 바를 다 이루지는 못했더라도 지금 경험하는 즐거움에 초점을 맞추고 살아가는 사람은 매일 새롭게 행복할 수 있다는 사실을.

살다 보면 많은 행복이 넘치게 밀려오는 때도 있고 썰물처럼 한꺼번에 빠져나가기도 한다. 언젠가 주연이 되기도 하고 다시 조연이 되기도 한다. 나도 매번 그 둘의 언저리에서 기웃거린다. 어떤 순간에 있든 얼마나 더 자주 웃고, 내 곁의 사람들과 얼마나 많은 사랑을 나누는가가 내 안의 평온함을 결정하는 데 더 중요했다. 물론 그것만으론 살 수 없지만, 언제나 그것이 없으면 행복은 요원한 것이 됐다. 고뇌만 있는 삶도, 행복만 있는 삶도 없다. 그러니 삶을 송두리째 바꿀 대단한 일을 기대하기보다, 고뇌와 행복 속에서 매 순간을 더 한껏 느끼고 나누고 사랑하며 살아가야겠단 생각을 한다.

주연의 삶도, 조연의 삶도 이미 완성형이다.

그리고 바다는 돌고 돈다.

인생엔 '만렙'이 없습니다

¶

"세상 이렇게 찌질한 날들일 수 있을까!"

'언제쯤 만년 막내 생활을 졸업할 수 있을까…' 중간 관리자가 되어야 할 연차였지만 몇 번의 이직을 하고 이후로도 한동안 후배가 들어오지 않으면서 사회생활 8년 차가 넘어서도 여전히 '막내'로 불리고 있었다. 여러 회사에서 막내 역할을 자주, 오랫동안 했으니 그만큼 직장생활에 능숙해졌다고 할 수 있을까?

"아니요. 직장생활엔, 인생엔 '만렙'이 없습니다."

우리는 이직할 때마다 새로운 게임 라운드에 진입하듯 그곳만의 독특한 문화에 빠르게 적응해야만 한다. 직장 문화가 만들어지는 경로는 다양한데, 미꾸라지 같은 선배 한 명이 '똥군기'를 가져와 물을 흐리는 경우가 있는가 하면, 1대 1로는 분명 괜찮은 선배들 같은데 막상 모이면 이상한 집단주의가 발현되는 곳도 있다. 방송국이라는 곳도 언뜻 생각하기엔 매우 자유로운 분위기일 것 같지만, 결코 말랑말랑한 곳이 아니다. 예전엔 기수 간 서열 정리도 확실했는데 29살의 신입사원이었던 나는, "억울하면 빨리 입사하지 그랬어~"라는 말을 종종 농담처럼 들어야 했다. '열심히 살다 보니 이 나이가 된 걸요.' 결코 입 밖으로는 내지 못할 말을 꿀꺽 삼켰다. 요즘엔 서로 몇 살인지 잘 묻지도, 의식하지도 않으니 여러모로 구시대의 마지막 즈음을 건넌 것도 같다.

여하튼 막내는 조직의 피라미드에서 가장 약자일 수밖에 없다. 입김은 약하고 이래저래 떨어지는 잔 업무는 많고, 오해도 많이 받는다. 옷차림, 말투, 생김새, 한마디 발언까지 도마 위에 오르곤 한다. 이 시기엔 스트레스로 연애사가 급격히 꼬이기도 하고, 급격히 살이 찌거나 살이 빠지는 증상도 겪는다.

나의 회사 생활에서 다섯 번째로 신입사원이 되어 다시 수습 기간을 지나던 때였다. 출근 시간 즈음이 되면 동기 단체 방엔 '어디야?' 하는 질문이 오갔다. 혼자 출근하는 게 아직은 어색해서 입구에서 함께 만나 들어가는 게 든든한 힘이 되던 시절이었다. 그런데 입사 기념 사진촬영을 할 때만 해도 해사했던 얼굴들이, 날이 갈수록 퍼석해져 가는 게 눈에 보였다.

"이 방만 공기 순환이 안 되는 건가?" 교육을 받는 방에 하루 종일 앉아 있다 보니 얼굴에 뾰루지가 잘 올라왔다. 청소년 시기를 지나면서도 여드름 한 번 나지 않았는데 직장생활을 시작하고 나서 처음으로 성인여드름으로 피부과를 찾았었다. 그렇다고 공기 좀 순환시키자 하고 문을 활짝 열기도 어려웠다. 웃음소리가 새어나가는 것도 조심스러운 때였으니까. 자율학습 시간이 되면 뉴스를 읽다 지쳐서 동기들과 조용히 수다를 떨다가, 선배들이 지나가는 소리가 들릴 때면 다시 원고를 들고 힘껏 합창하며 읽던 시절이었다.

***

드디어 수습 기간을 마치고 선배들 앞에서 발표를 하는 날이 됐다. 선배들이 다 같이 여럿 모인 자리는 처음인지라 긴장감에 몸이 발발 떨렸다. 지금까지 했던 어떤 생방송보다 더 긴장이 됐다. 첫 발표 타자는 맏이인 나였다. 맏이, 이야기가 나와서 말인데 가족관계에서 둘째로 살았던 나는 그동안 맏이, 둘째, 막내라는 서열이 주는 무게감이 이토록 다르다는 것을 몰랐었다. 이전 직장에서도 늘 둘째 이하였는데, 처음으로 동기들 중 맏이가 되어보니 뭘 해도 무거운 기분이 들었다. '맏이'라는 자리는 웬만해선 좋은 소리를 듣기 힘든 자리였다. '맏이니까 잘 해야지', '맏이니까 미리 챙겼어야지', '맏이니까…' 하는 한마디씩을 들을 때면, 물에 젖은 솜뭉치마냥 어깨와 마음까지 무거워진달까. 처음부터 진중해서가 아니라 그 무게감 때문에 맏이의 얼굴들은 무채색이 되기 쉬웠다. (세상의 여러 맏이들에게 고생 많았다는 공감과 박수를 보냅니다.)

가장 먼저 발표를 시작한 나는 애써 웃으며 입을 뗐다. 처음에는 잘 해나가는 듯했는데, 감정이 점점 북받쳐 오르기 시작했다. 얼굴은 웃고 있는데 눈에서는 눈물이 줄줄 흘러나와 양 볼이 축축하게 젖었고, 목소리는 염소처럼 바들바들 떨렸다. 누가 뭐라고 한 것도 아닌데 백 마디 말을 들은 것처럼 마음이 제어가 되지 않았다. 지나온 여러 순간들이 주마등처럼 지나가다 와르르 무너져버린 것이다. 알게 모르게 서러운 것도 쌓여 있었고 그 시기를 지나온 우리가 새삼 대견하기도 하고, 뭐 그런 감정들이 섞여 있었다. 왜 우는 건지 모르겠다며 탐탁지 않게 여기는 선배도 있었고, 이런 순간은 어쨌든 남겨야 한다며 웃으면서 영상을 찍어주는 선배도 있었다. 내가 울고 나니 다음 동기들도 줄줄이 발표를 하며 눈물바람이 되고 말았다. 여러모로 대환장, 대진상 파티였다.

지금 생각하면 그때의 나에게 제발 울지 말라고 하며

말리고 싶지만, 당시 나는 많이 위축되어 있었다. 한껏 약해져 있었기에 눈물을 제어하는 능력도 퇴화되어 있었다. 모든 게 우그러지고 쭈그러들어 기를 못 펴던 시기였다. 살면서 처음 겪어보는 감정이라 어떻게 대처해야 할지 다잡아야 할지 몰랐고 그저 숨고만 싶었다. 아무리 이성적인 사람일지라도 어떤 늪 같은 상황에 빠지기 시작하면 이성적 컨트롤이 힘들어진다는 것을 그때 처음 알았다. 단체 회식이 잡힐 때면 차라리 몸이라도 아파서 빠지고 싶었지만, 거짓말할 때 눈빛에서부터 다 드러나는 타입이라 그것마저 자신이 없었다. 그렇게 애써 빠져서 막상 집에 있더라도 내내 초조함과 불안함에 가시방석일 게 뻔했다. 별수 없이 마음은 울상인 채로 어서 이 시간이 끝나길 기다릴 수밖에 없었다. 당당하고 멋진 모습으로 여의도를 휘감을 줄 알았는데, 세상 이렇게 찌질한 날들일 수 있을까. 빨리 안정적인 어른이 되고 싶은 어린아이처럼, 어서 이곳에 존재감 없이 자연스럽게 섞이고 싶다는 열망이 하루하루 커져갔다.

　그렇게 어렵고 거세게만 느껴지던 수습 기간이 지나

고 얼마 지나지 않아, 한 선배가 우리를 말없이 어디론가 데려갔다. 여의도 공원 입구 앞에 다다르자 우리에게 말했다.

"앞으로 1시간은 너희만의 시간이야."

선배는 우리를 각기 다른 방향으로 뿔뿔이 흩어지게 했다. 그냥 1시간 동안 천천히 걸어도 좋고, 벤치에 앉아 숲 속의 소리를 가만히 듣고 있어도 좋으니 각자의 방식대로 사색의 시간을 가지라고 말했다. 선배는 알고 있었다. 이 시기에는 출근만으로도 얼마나 숨이 막히는지. 백 마디의 조언보다 아무도 신경 쓰지 않고 보낼 수 있는 나만의 1시간이 더없이 필요하고 귀하다는 것을. 그날 여의도 공원에서의 1시간은 입사 이후 가장 큰 위안을 받은 시간이었다. 누군가의 조언보다 때론 혼자만의 시간이 더 큰 위로가 된다는 것을, 오후의 볕이 가득한 여의도 공원에서 알게 됐다.

그때의 나처럼 자꾸 눈물이 난다는 신입사원들의 고민을 자주 듣거나 접하곤 한다. 오해받는 게 분해서, 미흡한 부분을 지적받으면 부족함이 막막해서 운다고 했다. 힘든 시기를 지나고 있는 친구들에게 '지금 이 시기가 지나면 다 괜찮아질 거다'라는 말은 차마 할 수가 없다. 앞으로도 상황에 따라 힘든 일은 또 생길 테니까. 나도 신입사원일 땐 5년 차, 10년 차 선배들의 여유로움이 너무나 부러웠다. 어떻게 저렇게 고민 없는 평온한 얼굴일까, 매일 출퇴근 생활을 오랜 시간 해내왔다는 것 자체만으로도 엄청난 존경심을 갖게 했다. '흔하고 흔한 게 버스와 지하철 안의 직장인인 줄 알았는데 다들 대단한 사람들이었어!'

하지만 시간이 더 지나 알게 된 건, 시행착오가 쌓이면서 무언가에 익숙해지긴 할지언정 계속 능숙한 사람은 없다는 사실이었다. 누구나 그 순간은 처음이다. 나도 여전히 방황한다. 이제는 안정적인 상태에 도달했다 생각했다가 다시 혼란에 빠지기 일쑤다. 방송을 10년 넘게 했는데도 부족한 점은 계속 보이고, 인생의 다음 스텝은 무엇일지 스스로에게 질문을 던졌다가 아무런 답을 찾지 못하고 잠에 드는 날이 많다. 나만 이런 막막한 기분이 드는 건 분명 아닐 텐데, 그럼에도 어느 날은 나만 아무것도 아닌 기분을 느끼곤 한다.

"나 67살이 처음이야."

〈꽃보다 누나〉에 나왔던 윤여정 배우의 말이다.

"알았으면 이렇게 안 살지. 인생을 처음 살아보는 거기 때문에 아쉬울 수밖에 없고, 아플 수밖에 없고, 계획을 할 수가 없었어"

윤여정 배우의 저 말이 적힌 '짤'을 다시 마주하는 날이면 머릿속이 시원해진다. 이만큼 성숙한 어른도 힘들고 처음이라는데 나도 당연한 거 아닌가 하고. '이렇게 저렇게 했더니 이만큼 성공했어'라는 말은 분명 동기부여가 되고 고무적이지만 때론 이렇게 인생을 다 이해할 것 같은 인물이, '얼마나 오래 살았든 얼마나 많은 것들을 성취했든 인생은 원래 다 처음이고 어려운 거야'라는 말을 해주는 게 참 고맙다.

그러니까 시행착오는 당연한 것이다. 우리 모두 인생 1회 차에, 처음이니까. 그리고 다행인 건, 시간이 지날수록 내 감정을 다루고 돌보는 능력이 나도 모르게 느리지만 조금씩 쌓인다는 사실이다. 그렇게 눈물 많던 나도 이젠 거의 울지 않는다. '거의'라고 말했으니, 아주 가끔은 운다. 여의도 공원 벤치에 앉아 '언제쯤 마음 편히 출근할 수 있는 날이 올까' 고민하던 그때의 나보다 강한 사람이 된 걸까, 아니면 눈물샘에도 탄탄한 근육이 붙은 걸까. 그보다는 상황과 사람을 이해하게 된 것 같다. 호통을 쳤던 선배 중에, 알고 보니 그렇게 조언을 귀담아 들을 만한 사람이 아니라는 것을 알게 되기도 했고, 불합리한 상황에서 용기 내서 말을 꺼내는 담력, 이해하기 힘들었던 누군가의 입장을 달리 바라볼 수 있는 너그러움도 쌓였다. 과하게 굽실거리지 않는 법, 말을 아끼는 법, 타협점을 찾아가는 법을 조금씩 터득하게 됐다. 시간이 지나면서 점차 주도권을 갖고 일하는 시기도 찾아왔다. 그리고 능숙해질 때쯤 다시 허우적대는 새로운 도전이 시작됐다. 그리 생각하면 인생이란, 깨지고 깨닫고 다시 시작하는 것의 무한반복이 아닐까 싶다.

빛난다는 것의 의미

"스스로의 만족과 외부의 인정, 그 둘의 조화로운 상태.
그러면서도 계속 유연하게 말랑이는 모습."

사회 초년생 시절, 같이 숙직 근무를 하던 선배가 나를 자리로 부르더니 포장지에 쌓인 물건 하나를 건네며 말했다.

"힘들지? 그런데 현주는 걱정 안 해. 시간이 지날수록 더 빛날 테니까."

툭 건넨 그 말이 마음을 흐물흐물하게 만들었다. 나는 엄청 감동받은 얼굴로 "정말요?"라고 되물었다. 누군가 내 가능성을 알아봐 준다는 것은 언제 들어도 기쁜 일이니까. 하지만 한편으로 그 말은 참 복잡하고 묘한 말이기도 했다. '얼마나 오래 기다려야 한다는 걸까?' 기다리는 건 이제 그만하고 싶었다. 하루라도 일찍 빛나는 것이 행복한 일처럼 보였으니까. '이때까지만 고생하면 다음부턴 길이 훤히 열릴 거야 하는 확신을 누군가가 줄 수 있다면 얼마나 좋을까!'

쾌나 많은 시간이 흐른 지금, 나는 선배가 말했던 것처럼 더 빛나는 사람이 되었을까? 그런데 '빛난다'는 것의 의미는 뭘까. 내가 아는 몇몇의 얼굴이 떠올랐다. 그 사람 같은 느낌을 준다면 빛난다고 할 수 있을 것 같았! 그 사람은 자신의 삶을 충만하게 살아가는 것 같고, 타고난 재능을 잘 가꾸어서 누군가에게 감동을 주기도 한다. 단단해 보이지만 마냥 강하지만은 않아서 더 사랑스럽게 보인다. 그러니까 빛난다는 것은 이런 것 아닐까. 스스로의 만족과 외부의 인정, 그 둘이 조화로운 상태. 그러면서도 계속 유연하게 말랑이는 모습.

당시 선배가 의문투성이였던 20대의 나에게 해주었던 말은 '지금을 열심히 살아가는 너는 이미 빛나고 있어, 다만 아직 외부로부터의 인정이 미약해서 잘 느끼지 못할 뿐이야'라는 의미 아니었을까. 인생을 조금 더 살아온 언니의 말을 믿어도 좋다 하는 격려이자, 계속해서 나아가고 노력하는 것을 포기하지 말라는 응원이었을 것이다. 젊음이란, 온 마음을 휘적이는 불안이 놀랍도록 빛나는 아름다움을 가리는 때니까. 그래서 그때는 잘 알지 못한다. 지금의 내가 얼마나 아름다운지, 이렇게 힘든데 왜 좋은 시기라고 하는지.

불안한 시기를 지나온 것에 비례해, 선배가 그러했듯 이제는 나도 누군가의 가능성을 볼 수 있는 눈이 생긴 듯하다. 고민으로 가득 차 있는 상대가 갖고 있는 빛이 나에겐 보이는데, 정작 그는 아무것도 모르겠다고 말한다. 점쟁이가 자신의 운명은 모르지만 다른 사람의 운세는 점쳐볼 수 있는 것처럼, 나는 그에게 '잘하고 있다'고 말해준다.

그러면서, 해가 갈수록 반대로 누군가에게서 '잘하고 있다'는 말을 들을 기회가 점점 줄어든다는 점은 조금 서글픈 일이다. 칭찬은 언제나 반갑다. 아무리 자기만족이 중요하다지만 주위의 어떤 인정 없이는 살아갈 수 없는 게 인생이니까. 누군가가 건네는 좋은 말을 수집하는 순간은 그래서 애틋하고 좋다. 언제나 희망적이다.

아침 방송의 기쁨과 슬픔

✳

¶

"좋아하는 일을 할 때 온몸의 세포가 살아난다는 것은
과장이 아니다."

어떤 방송을 하는지에 따라 시청자 층이 달라진다. 아
침 뉴스를 진행할 때는 일찍 일어나는 군인과 등교를 준
비하는 학생들, 직장인들의 메시지가 많이 왔었다면, 오
전 8시 방송을 진행하는 요즘은 나를 알아보고 인사를 건
네는 분들이 중년 이상인 분들이 많다. 아침 방송과 인연
이 깊은 나는 강아지상, 고양이상도 아닌 아침상인가 싶

다. (그런데 몇 년 전부터는 TV보다 나를 유튜브나 SNS, 인터넷 기사를 통해 알게 됐다는 분들이 체감상 더 많기도 하다.)

어떤 방송을 하느냐는 생각보다 더 인생의 구석구석 많은 것들에 영향을 미친다. 수면 시간, 수면 패턴, 운동 시간, 만나는 사람까지 달라지니까. 아침 방송을 하면서 가장 힘든 건 두말할 나위 없이 '잠'에 관한 것이다. 잠을 잘 잔 날과 그렇지 못한 날, 인생의 행복도가 사정없이 요동친다.

아침 6시부터 시작하는 〈뉴스투데이〉를 진행할 땐 새벽 2시 반에서 3시 사이에 일어났었다. 몸은 한국에 있지만 생활리듬은 완전 미국식이었다. 어떻게 2년을 그렇게 지냈느냐 하면 사명감 등등도 있겠지만 솔직히 말해 '뭘 몰랐기 때문'이었다고 말할 수 있다. 그러니까 지금 하라면 못하겠단 소리다. 저녁 약속을 잡지 못하는 등 개인적인 생활을 포기하게 되는 것은 어쩔 수 없다 치더라도 뒤죽박죽 리듬에 건강이 나빠지는 건 심각한 문제였다.

거의 매일 불면증과 싸우며 잠에 들어야 했다. 일찍

잠들어야 한다고 의식할수록 더 잠이 오지 않았다. 이런 저런 고민이 많았던 시절인지라 불을 끄고 누우면 머릿 속 생각이 더 선명해지는 기분이었다. 어서 잠들길 바라 며 침대에서 1시간이고 2시간이고 그대로 누워 있어야 할 때면 시간이 너무 아까웠고 또 서글퍼졌다.

'미국식 생활' 2년 차가 되어서부턴 몸에 이상증세가 나타나기 시작했다. 불규칙적인 생활과 스트레스가 쌓여 서인지 생리불순이 생겼다. 생리를 한 달 건너 뛴 적도 있 었고 한 달에 두 번을 하는 달도 있었다. 건강검진에서도 전에 없던 이상 지수들이 보였다. 내 몸이 망가져가는데 다 무슨 의미인가 싶었다. 방송을 그만둔 후 몸이 원래대 로 회복되는 데 딱 절반 만큼의 시간이 걸렸다. 2년의 시 간, 그리고 1년의 회복. 검진 결과도 서서히 좋아졌다. 자 연스럽게 잠에 들고 숙면한 후 개운하게 일어날 수 있다 는 건 인생의 엄청나게 큰 행복이자 건강비결이라는 것 을 체감한 시간이었다.

3년 넘게 진행하고 있는 〈생방송 오늘아침〉은 기상 시간이 새벽 5시 정도라 훨씬 할 만하다. 이전을 떠올리면 상대적으로 수월하다고 느끼는 걸지도 모른다. 물론 지금도 밤에 잠을 충분히 자지는 못한다. 이런저런 일들을 하다 보면 5시간 자는 건 보통이고 4시간 자는 때도 많다. 그래도 이전만큼 스트레스가 있지 않은 건, 일단 억지로 잠에 들려고 노력하지 않고, 낮잠을 꼬박꼬박 자고 있고, 저녁의 행복도 크게 포기하지 않기 때문이다.

싱글들에게 아침 방송이 미치는 영향이라면 연애도 빠질 수 없다. 여기에도 장단이 있는데 예를 들어 소개팅을 나갔는데 마음에 들지 않는다, 하면 "제가 내일 새벽 출근이라서요"라는 말로 서로 불쾌하지 않게 일찍 자리를 마무리하고 헤어질 수 있다. 하지만 더 궁금하고 알고 싶은 상대는 늘 아쉬움 가득이다. 어서 금요일이나 토요일이 되어서 아무 부담 갖지 않고 오래 볼 수 있었으면 하고 바라게 되는데, 관계가 조금 더 발전하게 되면 이땐 요일이 무슨 상관인가. 월요일이건 화요일이건 잠을 안 자고 시간을 쪼개서라도 만나는데 그렇게 쪽잠을 자고 출근을 해도 피곤하지가 않다.

그러나 칼같이 아침 루틴을 지키던 내 친구의 이야기

는 조금 달랐다. 아무리 좋아도 밤늦게 전화가 오면 왜 겨우 잠들었는데 눈치 없이 전화로 잠을 깨웠냐고 신경질을 바득바득 부리기도 했다고 하니, 그 마음도 너무 잘 알겠다.

아침 방송을 하며 느끼는 행복 중 1순위는 단연 출퇴근길의 번잡함이 없다는 것이다. 30, 40분 이상 걸리는 출근길이 새벽엔 15분으로 줄어든다. 매일 아침 방송준비로 메이크업을 받을 수 있으니 화장이며 머리며 손질할 필요가 없다는 것도 무시 못 할 이점이다. 또 하나 장점은 여유로운 오후 시간을 보낼 수 있다는 것이다. 맛집도, 전시장도 붐비지 않는 시간에 찾을 수 있다. 그런데 여기에서 또 문제는 같이 갈 친구가 마땅치 않을 수 있다는 것. 일단 직장인 친구들은 이 시간에 함께 가는 것이 거의 불가능하기에 프리랜서로 일하거나 잠시 휴직을 하고 있는 친구들이 이 시기에 가까워진다. 그러니까 방송이 나의 인간관계에도 지대한 영향을 미친다.

***

좋아하던 일도 일상이 되면 환상은 깨지고 때론 별것 아닌 일처럼 느껴지기도 한다. 대학 시절 수업 시간에 호감을 가졌던 남자애가 있었다. 접점이 없어서 그대로 학기가 종료되고 잊고 지냈는데 졸업을 하고 각자 직장인이 되어 우연히 한 모임에서 만나게 되었다. 이번엔 상대방이 내게 적극적으로 호감을 보였다. 그 시절의 애틋함이 느껴져서 무척 반가웠는데 막상 이야기를 나누어보니 내가 상상했던 이미지와는 많이 달랐다. 성격도, 가치관도. 내 앞에 있는 상대가 그제야 있는 그대로 보였다. 마찬가지로 꿈꾸던 일도 직업이 되면 소유 자체에서 오는 행복감은 금세 희석되고 만다. 환상을 걷어낸 후 몰랐던 단점과 힘든 점들을 속속들이 알게 되고, 익숙함 때문인지 어떤 날은 내가 하는 일이 시시하게 느껴지기도 하고 조금 더 시간이 지나면 자아실현보다 먹고사는 수단이 되기도 한다.

그러다가 다시 또 어떤 날은 이 일을 해서 천만다행이라는 안도감을 느낀다. 문득, 이렇게 멋진 사람이 내 애인이란 말인가 하고 달리 보이는 날이 있는 것처럼. 익숙했다가도 이래서 내가 여전히 방송을 좋아하는구나! 하는 순간들이 스프링처럼 튀어나온다.

방송은 중독성 있다는 말이 맞다. 방송쟁이들이 공통적으로 겪는 증상이 있는데 아무리 아프거나 피곤했다가도 방송을 막상 딱 마치고 나면 온몸에 엔도르핀이 돌면서 다 낫는 듯한 기분이 든다는 것이다. 일을 할 때면 온몸의 세포가 살아난다는 것은 과장이 아니다.

10년 넘게 방송을 했던 시간이 영상과 사진으로 생생하게 기록되어 남았다는 것도 이 직업의 선물 같은 일이다. 그때는 영 마음에 들지 않았던 외모도 지금 보면 풋풋하게 보이고, 저때 어떤 마음으로 방송을 했었는지 기억이 나면서 그 시절의 추억이 되살아난다. 매년 허투루 지나온 시간은 없었구나 싶다. 그때만 가능했던 모습들이어서, 같은 방송을 이제 하라고 하면 영 다른 느낌일 것이다. 서투르고, 떨리고, 때론 이를 악물고, 감격에 휩싸이기도 했던 시간들이, 가끔 들추어 보면 웃기고 눈물 나는 사진앨범처럼 쌓였다.

나의 기록뿐 아니라 역사적인 기록과 아픈 기억도 함께 남았다. 남북정상회담, 세월호, 그리고 최근에 코로나19 뉴스 등등. 속보에서부터 일상적인 뉴스들까지, 어디에선가 시청자들은 소식을 전하는 나와 마주하고 또 스쳐 지나가듯 만났을 것이다.

언젠가 아빠가 말씀하셨다.

"앵커는 기쁨과 슬픔 모든 감정을 전달할 수 있는 울림의 목소리를 가져야 하는 것 같아."

아빠는 하루도 빠짐없이 나의 모든 방송을 모니터링하고 타사 진행자들까지 꼼꼼하게 살펴보신다. 어떨 땐 나보다 더 열심히 공부하고 분석하는 모습에 내가 너무 무뎌진 건 아닐까 반성하게 된다. 그럴 땐 다시 한 발 떨어져 바라본다. 나에겐 매일의 일이지만, 이 방송을 마주하는 순간 시청자에게는 최고의 퍼포먼스를 보여주어야 한다는 걸 깨닫는다. 시청자의 시선으로 바라보면 다시 긴장감을 갖게 된다. 그냥 기능적으로 방송만 잘하는 사람이 아니라 '울림'을 가진 사람이 되기 위해 정신을 바짝 차린다.

어떤 일이든 좋기만 한 일은 없다는 것. 동전의 앞면, 뒷면처럼 장단이 있는 것이니, 오늘도 오늘의 보람과 기쁨을 최대한 찾아 출근길 강변북로를 달린다. 이른 시간부터 부지런히 살아가는 사람들이 참 많구나 느낀다. 운전하면서 좋아하는 음악을 듣는 순간은 참 행복하다. 저기, 회사가 보인다.

돈에 관한 넋두리

"돈에 관한 생각이 조금씩 바뀌게 된 것은 좋아하던 일도
쉬어가고 싶을 때가 찾아오면서부터였다."

돈에 관한 별 특별할 것 없는 넋두리랄까. 20대 중반,
직업 선택을 하는 시기에 내게 돈이라는 것은 대략 5순위
정도 되었다. 돈을 얼마나 버는가보다 더 중요한 것은 얼
마만큼의 보람과 재미를 느끼는가였다. 돈이 넘칠 만큼
충분해서가 아니라 그렇게 지내는 것으로도 내겐 충분했
기 때문이다.

무엇을 사거나 갖는 것의 기쁨은 하루 이상을 가지 못했다. 어떤 옷이나 가방을 사서 종일 행복을 곱씹은 적은 한 번도 없지만, 여행을 다녀온 후 그 순간을 회상하는 깊이는 시간이 갈수록 더 진해졌다. 내겐 경험이라는 가치가 늘 우선이었다.

하지만 시간이 지나면서 돈에 대한 생각이 조금씩 바뀌게 된 데는 좋아하던 일도 쉬어가고 싶을 때가 찾아오면서부터였다. 이런 고민을 대개는 빠르면 사회생활 후 몇 개월 만에 느낄 수도 있을 테지만, 나는 10년 넘게 일하고 나서야 그런 생각을 했다. '잠시 회사 좀 쉬어가고 싶은데, 어디 보자… 가능한 건가?'

직장을 휴직하는 건 하고 싶다고 마음대로 되는 게 아니었다. 별다른 사유가 없으면 불가능했다. 육아휴직 놉, 유학 놉. 내겐 해당 사유가 없었고, 그렇다면 그만두는 것밖에 방법이 없었다. 어디보자, 그럼 만약 내가 프리랜서가 된다면 얼마나 벌 수 있을까? 예측 불가능이었다. 매달 요동칠 수입 앞에서 초연해질 수 있을까. 자신이 없다. 아, 쉬어가려면 목돈이 있어야 하는구나. 비로소 그때야

경제적인 대비는 얼마나 되었는지, 비수기에도 살아남을 만큼의 준비를 얼마나 갖추었는지 계산기를 두드리게 됐다. 돈은 중요한 문제였다.

그동안 돈에 관해 너무 순진했었다. 몇 년 동안 어디를 가나 투자에 관한 이야기가 가장 화두지만, 나는 이에 대해선 관심도, 할 말도 그다지 없었다. 직장생활을 하는 동안 어떻게 더 재미있게 하고 싶은 일들을 많이 할 수 있을까를 1년에 360일 정도 생각하지만 어떻게 더 많은 돈을 벌 수 있을까에 대해선 다 합쳐도 5일이 채 되지 않았으니까. 월급은 통장에 그대로 들어오고 또 그대로 빠져나가는, 말 그대로 투명한 유리지갑이었다.

나는 대체 뭘 믿고 그런 걸까. 사실 나를 믿었다. 내가 뭘 해도 먹고는 살겠지 하는 믿음과 자신감이 있었다. 절반은 맞고 절반은 틀린 말이었다. 나만 믿어선 안 된다. 확실한 근거가 있어야 한다. 그 중 하나가 돈일 테고. 내가 이렇게 투자에 문외한인 데는 투자에 열심인 엄마가 있기 때문이 아닐까도 싶다. 알게 모르게 든든함을 느꼈달까. 엄마와 나는 닮은 점이 무척 많은데 돈에 관한 영역만은 작동방식이 매우 다르다. 내가 기억하기로 엄마는 20년도 더 전부터 돈을 불리는 데 관심이 많았다. 부동산에 이런저런 투자를 하면서 벌기도 하고 물론 잃기도 하고. 어쨌든 주부로서 오랜 세월 시드 머니를 굴려온 엄마를 보면 내가 저런 걸 닮았어야 하는데, 하는 아쉬운 마음이 든다. 그리고 결정적으로 엄마 돈은 엄마 돈일 뿐.

직장에서의 분위기도 한몫을 했다. 요즘엔 이런 말을 대놓고 하는 게 오히려 촌스럽다고 여기지만 예전만 해도 아나운서국에선 '뭐 돈 보고 일하나, 보람으로 일하지' 하는 분위기가 강했다. 외부에서 행사 진행 의뢰가 들어와도 진행비가 얼마냐고 선뜻 물어보지 못하고 그런 것들을 일일이 챙기는 걸 조금 '가오 빠지는' 일로 여겨 돈이 들어가는 '껄끄러운' 협상은 부장이 대신 총대를 메고 조율하곤 했다. 여전히 '얼마예요'를 못 물어보고 나중에 진행비가 입금되고 나서야 확인하는 동료들이 있다. 여러 직장에서 10년 넘게 아나운서 동료나 방송인 지인들과 대화를 해봐도 주제가 '돈'인 경우가 거의 없었다. 다른 직업군의 사람들에게 우리는 이렇다 이야기하면 "정말요? 저희는 만나서 만날 돈 버는 이야기하는데요?" 하며 오히려 나를 신기하게 바라봤다.

나도 생각은 한다. '요즘 주식 안 하면 바보라는데', '백날 월급 모아봐야 부동산 투자를 이길 수 있나' 하면서도 사람 참 안 변한다. 여전히 아무런 투자를 하지 않고 있다. 몇 년 전 지인이 비트코인으로 많은 돈을 벌었다며 내게 적극 추천했지만 그때도 '아 그렇구나!' 감탄만 하고 아무것도 하지 않았다. 여러 주식 책을 읽고 나서도 해볼까 하는 생각만 2년째다. 가끔 '현타'가 찾아오기도 한다. 글 한 편 쓰는 동안 남들은 투자해서 수익을 우수수 내기도 할 텐데. 오로지 경제학적인 측면으로 따지면, 글 한 편 쓰는 데 드는 시간과 에너지에서 원고료를 빼면 남기는커녕 손해다. 시간은 금이라는 말이 맞다. 그래서 지금 이럴 때인가! 정신이 번뜩 들었다가도, 어째 그쪽으론 의욕이 안 생기나 모르겠다.

***

여전히 나는 매일 부지런히 방송을 하고 글 마감을 지

키려 고군분투하면서도, 클릭 몇 번이면 알 수 있는 한 달의 월급과 기타 수익은 여전히 잘 모른다(심각). 그러다 올해 5월 종합소득세를 꽤 많이 내게 됐다. 세무사는 내가 월급 외 소득으로 이만큼을 벌었고 연봉 구간이 이만큼이니 이래이래 요만큼을 뱉어내야 한다고 설명해주었다. 들으면서도 머리가 핑핑 돌아서 뭐라 더 붙이지 못하고 그렇군요, 답했다. '내가 그만큼을 벌고 있구나' 남이 떠먹여주고 나서야 알았다. 월급에 외부수익까지 더하니 작년 소득이 꽤 많았다. 잠 줄여가며 뼈 빠지게 일한 대가라면 이게 많은 것 같지는 않기도 하고.

여하튼 그동안은 직장에서 충실히 월급만 받으며 연말정산에 거의 '똔똔'이다가, 이렇게 단번에 몇 백만 원을 내야 하는 순간이 오니 실감이 났다. 평소 포털 댓글에서 보던 '내가 낸 세금을 이렇게 쓰느냐!' 하는 글쓴이들의 마음을. 내가 힘들게 벌고 내는 세금을 쓸데없이 보도블록 엎는 데 쓴단 말인가!

마음이 쓰리다가 잠시 뒤엔 이런 생각도 했다. 더 적게 일하고 더 많이 벌 순 없을까. 그러니까 가성비를 더

올리려면 어떻게 해야 하는가 말이다. 조금 더 유명해지거나 어떤 작품 활동이든 사업이든 해서 대박을 터트려야 하는 걸까 이리저리 머리를 돌려본다. 어째 남의 일 같다. 이번 생애에 가능한 일일까 싶다.

좋아하는 것을 좋아하는 만큼
할 수 있다면

¶

"일할 수 있어 다행이다. 아니지, 평생 일할 팔자란 말인가!"

가끔 동료들에게 이런 질문을 던져본다. "만약에 말이야, 로또에 당첨되면 회사 계속 다닐 거야?" 글쎄, 라고 말하는 동료에게 나는 "아니 왜 회사를 계속 다녀?"라고 발끈한다. 역으로 동료가 그럼 너는 로또 당첨되면 회사 그만둘 거냐 묻는다. "아니 그렇긴 한데…"라고 답하면서 기분이 이상해진다. 저 대답에 따르면 내가 지금 회사를 다니는 이유가 과연 돈 때문이란 말인가. 그럼 돈이 엄청 많으면 일을 하지 않을 것이란 말인가? 이상하다, 나 그동안 돈 때문에 일한 게 아닌데 왜 일부터 쉬고 싶단 생각을 할까. 일하지 않는 삶이란 상상하기 힘든데.

매년 점집에 가면 미래 커리어에 대해 물어본다. "제가 언제까지 활발하게 일할 수 있을까요? 돈은 많이 버나요?" 그럼 돌아오는 대답은 어디를 가나 늘 똑같다. 일은 계속 하니까 걱정하지 말라고, 돈도 걱정할 팔자는 아니라고. 그 말을 들으면 또 두 가지 마음이 든다. '일할 수 있어 다행이다', '아니지, 평생 일할 팔자란 말인가!'

내가 원하는 건 지금보다 더 '자유롭게' 일하는 환경일 것이다. 일할 때 일하고 쉬고 싶을 때 쉬면서. 떠나고 싶을 때 훌쩍 여행도 더 마음껏 다니고. 지금도 다른 직업군에 비해서는 훨씬 자율성이 높다는 것을 안다. 그럼에도 '가능하다면 늘 지금보다 그 이상'을 원하는 것이니까. 그런 바람으로 다시 마음속에서 퇴사를 떠올려보지만, 절레절레, 대책 없이 나갔다가 손가락만 빨고 있으면 어째. 이런 이야기를 하면 스타벅스 디자이너에서 퇴사 이후 영향력 있는 크리에이터가 된 그림 유튜버 이연 님은 내게 이렇게 속삭인다. "아니 왜 고민을 해요? 이미 충분해 보이는데." "그게 말이죠, 이연 님은 확실히 그림을 잘 그리는 '기술'이 있잖아요. 정말 부러워요. 저는 그런 기술이 없어요. 말 잘하는 건 요즘에 워낙 누구라도 하는 일이고… 우물쭈물…."

만약 내게 기술이 있었으면 저 세상 너머에 더 많은 자유와 돈을 향해 프리다이빙 했을까. 하지만 어디 기술 탓일까. 아직은 회사에 있을 만한 것이다. 그래서 배팅하고 싶지 않은 것이다. 내 성격에 이 생활이 너무 싫었으면 뜯어 말려도 진작 짐을 싸서 나갔을 것이다. 혹은 여러 위험 부담을 감수하고서라도 도전해보고 싶은 일이 있었다면 용기를 냈을 것이다. 어쨌든 지금은 회사를 다니면서 하고 싶은 사이드잡을 고루고루 걸치며 살아가고 있으니까, 실패나 수익이 끊길 것에 대한 두려움 없이 하고 싶은 일을 자유롭게 할 수 있으니까, 이 정도면 살 만한 것이다.

회사에 있는 이점은 또 있다. 신뢰하는 어느 작가님도 내게 적어도 마흔까지는 퇴사하지 말라는 조언을 했다.

조직에 있으면서 배우고 가능한 일들이 있다면서. 그 말을 듣고 나니 직장에 있는 동안 할 수 있는 경험들을 최대한 많이 해야겠다 생각했다. 지금 방송국에 속해 있기에 경험할 수 있는 기회와 분야를 활용하고, 또 앞으로 원하거나 필요하다면 다른 부서에 지원하거나 이동해서 경험의 폭을 더 넓힐 수도 있을 것이다.

섣불리 퇴사하지 않는 데는 로망을 로망으로만 간직하는 것이 더 나을 때가 있다는 것을 알게 된 이유도 있다. 예전에는 퇴사하고 나도 빵집 사장님! 여행 작가! 카페 대표! 서점 주인!을 꿈꿨었지만 점점 알수록 이걸 본업으로 한다는 것이 보통일이 아니겠구나 싶다. 언젠가 어느 카페에 갔을 때였다. 옆에 있던 지인이 내게 속삭였다. "저도 카페에 로망이 있었는데 아까 저쪽에 있는 계산기를 보니까 갑자기 확 현실이 와 닿더라고요. 진짜 현실이구나 하고요." 좋아하는 일을 본업으로 하지 않고 한 발 떨어져 순수하게 소비하며 좋아하는 것이 어쩌면 더 행복한 일일 수 있겠다.

결론은 이거다. 지금 당장 퇴사를 하든 하지 않든 언

제든 원할 때 자유롭게 옵션 버튼을 선택할 수 있는 준비
는 무조건 필요하다는 것. 사람 마음이 언제 바뀔지 모르
니까, 쉬고 싶어질지 모르니까, 더 많은 자유를 원할지 모
르니까, 무모하게 도전하고 싶어질지 모르니까 말이다.
통장 잔고를 채우건, 사이드잡을 열심히 하건, 사업 구상
을 하건, 회사에서 다양한 일을 경험하건, 뭔가 하나 대비
는 계속해서 해야 한다.

　요즘 대세라 하는 20~40대에 조기 은퇴하는 파이어
족, 물론 상상만으로도 행복한 일이지만 나는 은퇴를 하
고 '노는 것'에 초점을 맞추고 싶진 않다. 나의 궁극적 목
표는 '좋아하는 것을 계속해서 좋아하는 만큼 할 수 있는
삶'이다. 아, 그러려면 어쨌든 또 돈인가. 모르겠다. 어느
날 어떤 식으로든 더 많은 자유의 날이 찾아오길 기대하
면서. 오늘도 출입증을 주렁주렁 목에 걸고, 아무튼 출근
이다.

부딪히고, 사랑하며

2

인간관계에 대해

"상처 없이 행복할 가능성도 버릴 것인가,
상처받더라도 행복해지는 길을 택할 것인가.
나의 답은 후자였다.
나는 다시 마음의 걸개를 열고
깊게 꼬이는 관계로 뛰어들기로 했다."

소중하고 당연한 것들은
소리 없이 변해간다

✳

"후회하지 않으려 노력해도 후회할 일을 만드는 게
사람이니까."

"회사일로도 힘들 텐데 괜히 엄마가 신경 쓰게 해서
미안해."

엄마와 다투고 난 다음 날이면 새벽 출근길에 엄마는
꼭 사과 문자를 보낸다. 다툼 후 여파가 혹여 회사 업무나
방송에 영향을 주지 않을까 걱정되어, 엄마는 자존심을

앞세우지 않았다. 하지만 솔직히 말하자면 방송할 때 나는 웬만한 고민에도 흔들리지 않는 강철 멘탈이다. 다만 그 핑계로 엄마의 화해 요청을 민망해하고 미안해하며 슬쩍 받을 뿐. 그런데 어떤 정신으로 방송을 했는지 기억나지 않는 하루가 있다.

아빠, 오빠, 그리고 나. 수술실로 들어가는 엄마 손을 꼭 붙잡고 있었다. 이 상황이 도무지 현실이라고 믿고 싶지 않았다. 내가 아는 엄마의 모습이 지금이 마지막이면 어쩌지, 상상하기 싫지만 일어날 수 있는 가정이었다. 붙잡고 있던 손이 떨어졌고, 문이 닫혔고, 엄마는 수술실로 들어갔다. 이제는 기도하며 기다릴 수밖에 없었다.

수술 전날, 의사가 나와 아빠를 불렀다. 병원 특유의 서늘한 공기가 있는 복도에선 목소리도 낮게 퍼졌다. 카운터에 서서 수술 동의서에 대해 설명해주는 의사의 말투가 지나치게 건조하게 느껴졌다. 그는 수술 후 예상 가능한 부작용에 대해 설명했다. 수술 이후에 눈이 안 보일수도 있고, 의식이 돌아오지 않을 수도 있다고 했다. 그럼에도 지금 이 동의서에 서명을 해야 한단 말인지. 부작용에 대해 설명했으니 어떤 일이 발생해도 책임은 질 수 없다는 동의서가 잔인하게 보였다. 선택의 여지가 없어 눈물을 뚝뚝 흘리며 서명을 했다. 다음 날 일어나니 눈이 통통 부어 있었고, 아침 뉴스를 진행해야 했기에 메이크업을 해주는 언니에게 최대한 진한 색의 섀도를 부탁했다. 엄마는 병원에서 내가 진행하는 뉴스를 보며 수술실에 들어갈 준비를 하고 있었다.

이때의 경험은 우리 가족에게 확실한 충격요법이 되었다. 언제라도 곁에 있을 것 같던 엄마가 그렇지 않을 수 있다는 것을, 엄마에게 했던 못된 말과 행동을 만회하거나 되돌릴 기회가 없을 수도 있다는 것을 생생하게 느끼게 된 것이다. 평생을 얼마나 후회하며 살아갈 뻔 했을까. 나중에 함께 축하하고 싶은 순간들이 생겼을 때 엄마가 부재한다면 얼마나 마음이 아플까. 한동안 자다가 엄마가 사라지는 꿈을 꾼 날엔 가슴을 쓸어내리며 눈을 떴다. 당장 엄마가 보고 싶었다.

그간 엄마에게 대외적으로는 자랑스러운 딸이었을지 모르지만 사실 집에서는 점수를 후하게 주기 힘들었을 것이다. 특히 20대 초반엔, 엄마와 나 사이 매일 전쟁이 따로 없었다. 친구들과 어울리는 것을 무척이나 좋아했던 나는 그동안 어떻게 참고 성실하게 공부했나 싶게 서울로 대학을 오고 나선 집에 연락 한 번 제대로 안 했고, 오는 연락조차 제대로 받지 않았다. 전국에서도 이례적으로 기숙사 관리인이나 통금이 없었던 학교라 밤을 새워가며 낙성대와 서울대입구역에서 친구들과 밤을 찢었다. 휴대폰을 가방 속에 처박아두고 볼 생각을 하지 않았다. 새롭고 설레고 재미있는 게 너무 많은 시절이었다. 엄마는 연락이 닿지 않아 애를 태우다가 나중에 내가 뒤늦게 전화를 걸면 화를 냈다. 나는 화내는 엄마에게 다시 짜증을 냈다. 내가 애도 아니고 지금 잘 있는데 뭐가 문제냐고.

취업준비생이 되어서는 엄마가 내 눈치를 봤다. 엄마가 더 지원을 해줘야 하는데 그러지 못해 미안하다면서. 이렇게 키워준 것 이상으로 무슨 도움과 지원이 필요한가 의아했지만 엄마는 그냥 내게 미안해했다. 불합격을 하는 날엔 애써 씩씩하려 애쓰는 내가 안쓰럽게 보였나 보다.

엄마는 뜬소문들에 마음이 쓰였다. 방송국 아나운서에 합격을 하려면 '빽'이 있어야 하고 인맥이 있어야 하는 것 아니냐며 말을 흐렸다. 내가 힘이 빠져 있으면 엄마는 힘내라는 말 대신 다정하게 데이트를 제안했다. 언젠가는 명동에서 만났는데, 너무 씩씩하고 밝은 엄마 모습을 보고, 나도 어서 괜찮아져야겠다 생각했다. 엄마는 긍정적인 모습으로 위로하는 사람이었다.

취업을 하고 나면 여유가 생길 줄 알았다. 이제 안정적인 직장이 있으니까 더 이상 예민할 일도 없겠지. 하지만 나는 더 '예민보스'가 되었다. 회사에서의 매일이 녹록지 않았고 퇴근하고 돌아와선 완전히 녹다운이 되어버렸다. 본래도 미주알고주알 이야기하는 스타일은 아니었지만, 이제는 밥 먹었느냐는 말에도 대충 답을 흘리고 방문을 닫고 들어가 버렸다. 내가 쿵 하고 방문을 닫고 들어갔을 때 문을 바라보고 엄마는 어떤 생각을 했을까. 그럼에도 내 딴에는 최선을 다 하고 있다고 믿었다. 괜히 부정적인 기운을 엄마에게 내비치는 것을 원치 않았고 괜찮아질 때까지 아무 일 없는 듯 나를 가만히 내버려두면 안 될까, 생각했다. 엄마는 그래 네가 얼마나 힘들면, 하면서도 서로의 날이 쨍- 부딪히는 날엔 언쟁을 벌였다. 너무 닮은 점이 많아 힘든 시기였다.

하지만 수술 이후 나와 엄마의 관계는 달라졌다. 예전 같으면 바득바득 우겨서라도 이겨야 속이 시원했을 말다툼이, 이기고 나면 외려 불편해지는 것이다. 상처받는 쪽이 되면 차라리 엄마를 미워할 수라도 있지만 내가 엄마에게 상처를 주고 나면 '나중에 또 얼마나 후회하려고' 싶어 금방 사과를 건넸다. 엄마도, 나도 이제 서로에게 후회할 일을 만들고 싶지 않은 것이다. 또한 '언젠가'라는 말로 미루지 않게 되었다. 엄마와 여행하는 것, 엄마와 사진 찍는 것, 엄마가 행복한 일을 함께 하는 것을. 언젠가 내가 더 잘되면, 더 성공하면 해야지 했던 것들은 지금 해도 되는 것들이었다. 관계는 조건부가 아니었다. 그래서 이젠 해마다 휴가를 갈 때 2년에 한 번은 꼭 엄마와 함께 떠난다. 그러면서 우리에게 다음의 휴가가 반드시 있기를 바란다. 엄마가 건강하기만을 바란다. 집에서 일상적인 꾸미지 않은 모습도 자주 사진을 찍는다. 그 모습도 소중하다. 엄마는 뭐 이런 모습을 찍느냐고 하면서도 오히려 한 번 더 익살스러운 표정을 취해준다.

***

그럼에도 후회할 일을 계속 만든다. 마음과 달리 여전히 충돌하는 날들이 있다. 언젠가 제작진이 엄마와 함께 여행 코너에 나올 수 있겠느냐, 방송 출연을 제안했다. 가족의 방송 출연이 사실 부담스러운 부분도 있지만 예전에 엄마가 좋아하셨던 기억이 났다. 신입 아나운서를 소개하는 방송 촬영 차 광주 집에 갔던 적이 있다. 당시 엄마도 잠깐 출연했는데 그때의 강렬했던 기억이 엄마에겐 무척 좋았나 보다. 이번에도 출연 할까 말까 묻자 엄마는 너무나 설레는 목소리로 당연히 해야지! 대답했다. 나도 엄마와 만들 수 있는 추억이라면 뭐든지 하나라도 더 해보자 싶었다. 담당 피디에게 자신 있게 말했다. "저희 엄마 무척 재미있고 활발하세요. 이야기도 잘 하시니까 전혀 걱정 안 하셔도 돼요."

코너의 콘셉트는 서울 나들이를 하는 '모녀 여행'이었

다. 홍대에서 오므라이스를 먹고, 함께 프로필 사진을 찍고, 곳곳을 돌아다녔다. 그리고 중간 중간 서로에 대한 인터뷰를 촬영했다. 그런데 이게 웬일! 믿었던 엄마가, 막상 인터뷰를 하려니 카메라 앞에서 완전히 얼어버리는 것 아닌가. 피디의 질문에 바짝 긴장 하면서 말을 제대로 이어나가지 못했다. '이상하다. 내가 아는 엄마가 아닌데.' 함께 식사를 하거나 걷는 장면에서도 뭔가 자연스럽지 않았다. 슬슬 불만이 쌓여가는데, 나에 대한 질문에 엄마가 '저런 이야기는 안 했으면 좋겠는데…' 싶은 걸 답하자 결국 미운 말이 툭 튀어 나오고 말았다. "엄마 왜 그런 이야기를 해." "그렇게 어색하게 말고 자연스럽게 해요." 엄격한 코칭에 옆에 있던 피디가 상황을 수습하려 나섰다. "어머니 잘하시는데, 왜요. 처음엔 누구라도 다 긴장하죠." 웃으며 거들었다. 맞는 말이다. 아무리 사석에서 난다 긴다 말 잘하는 사람도 막상 동그란 카메라 렌즈 앞에 처음 서면 그 위압감을 견디기 쉽지 않다. 그걸 알면서도, 차라리 남이었으면 웃으며 친절하게 설명해줬을 것을, 그날 엄마에겐 간간한 악덕 상사가 따로 없게 굴었다.

이때 차라리 엄마가 '어디 너는 처음부터 방송 잘했느냐'고 따졌으면 좋았을걸, 마음대로 되지 않는 상황이 당황스러운지 애써 웃는 얼굴로 진땀을 빼는 것 아닌가. 이내 후회가 밀려왔다. 내가 또 평생 후회할 짓을 저질렀구나. 마지막 촬영지는 반포대교 한강공원에 있는 야경을 걷는 장면이었다. 피디가 오늘 여행의 감상을 물었다. 엄마는 세상 행복한 얼굴로 "너무 행복했어요~" 콧소리를 내며 웃었다. 나는 카메라가 꺼진 후 후회와 미안함을 담아 엄마에게 말했다. "엄마 오늘 너무 고마워, 그리고 짜증내서 미안해." 엄마는 그래도 좋았다고 했다. "엄마 그런데 뒤로 가니까 점점 잘하더라. 역시 방송은 많이 할수록 늘어." 압박감을 이겨내고 끝까지 프로처럼 촬영을 마친 엄마가 자랑스러웠다.

엄마는 지금도 종종 '언제 또 함께 방송 출연하면 좋을 텐데' 하고 읊조리신다. 언젠가 또 우리에게 그런 기회가 온다면 그땐 정말 짜증 하나도 내지 않고 엄마에게 잘하겠다 다짐한다. 하지만 또 모르지. 후회하지 않으려 노력해도 후회할 일을 만드는 게 사람이니까. 여전히 나는 가장 소중한 사람에게 후회할 일을 저지르곤 하는 미숙한 인간이니까.

* * *

언젠가 아빠가 말했다.

"지나고 보니 그때는 중요한 줄 알았는데 그렇지 않은 것들이 많더라."

살면서 그다지 중요하지 않은 것에 전력을 다 하고, 진짜 중요한 것은 '언젠가'라는 말로 미루며, 그러지 않아도 될 것에 완벽주의를 들이밀고, 후회할 말을 하며 산다. 바빠 살다가 정신을 차려보면 주변은 어느새 달라져 있다.

우리 부모님은 평소에 어떤 시간을 보내며 살고 있는 걸까, 아는 게 그다지 없다. 언제 이렇게 머리카락 숱이 줄고 주름이 늘었을까, 늘 당연할 줄 알았던 것들이 변한다. 그걸 뒤늦게 알아차릴 때는 후회하며 아린 마음을 쥐어짤지도 모를 일이다.

부러워하지 않고 살 수 있을까

---✳---

¶

"그러고 보면 각자 자기 몫의 행운이 있는 거야"

언젠가 아나운서 최종 단계에서 만났던 친구가 있다. 최종 전형에 모인 지원자들은 우위를 가리는 것이 무의미할 만큼 각자 자신만의 매력으로 빛났다. 누구는 뉴스를 잘했고, 누구는 매혹적인 목소리를 가졌고, 누군가는 조각 같은 외모를 자랑했다. 하지만 얼마 뒤면 우리 중 누군가는 최종 합격해서 아나운서가 되고 나머지는 다시 쪼르르 미끄러져 수천 대 1의 경쟁률부터 출발해야 했다. 운명의 갈림길 앞에서, 우리는 매일 서로를 관찰하고, 감탄하거나 부러워하고, 또 경쟁했다.

전형 중에 대놓고 '자기자랑'을 하는 시간이 있었다. 자신의 장점을 무대에서 어떤 식으로든 보여주는 미션이었는데, 춤이나 노래, 연기, 성대모사 쪽으론 도통 자신이 없던 나는 대가족에서 주로 과일 깎기를 담당했던 경험을 살려 무대 위에서 사과 껍질이 끊어지지 않게 단번에 잘 깎는 것을 보여주며 이런저런 이야기를 시작했다. 대학에서 시험 기간에 수학 공식과 공학 용어를 빼곡하게 필기한 노트를 가져와 보여주며 약간의 감탄을 자아내기도 했다. 필기를 알록달록 열심히 한 사람 치고 공부를 제대로 하는 게 아니라는 것을 스스로는 잘 알고 있었지만 일단 생소한 용어들이 쓰여 있으니 뭔가 있어 보이는 효과가 있었다. 무대 너머에서 심사위원들은 점수를 매기고 있었다. 발표를 마친 나는 객석에서 다른 지원자들이 발표하는 모습을 지켜봤다. 내 무대를 마쳤으니 마음이 편하기도 했지만 아니기도 했다. 내심 다른 지원자들이 너무 잘하지 않길 바라는 마음은 어쩔 수 없었다.

다른 지원자들도 같은 마음이었을 것이다. 그래서인
지 대부분은 큰 호응 대신 미소와 가벼운 박수를 치는 정
도였다. 호응이 너무 좋으면 심사에도 좋은 영향을 줄 수
있을 테고, 달리 말해 본인의 순위에는 불리할 수 있으니
까. 그런데 한 친구는 거의 모든 무대에 박장대소 하면서
진심으로 웃고 있었다. 아까 내가 무대 위에 있을 때도 그
가 크게 웃어줘서 힘이 났던 기억이 났다.

처음 만난 순간부터 그에게는 특유의 밝은 기운이 있
었다. 구김살 없이 빛난다는 게 저런 것일까 싶었다. 그
친구라면 다른 이가 합격해도 진심을 담아 축하해줄 것
같았다. 그가 속으로는 어떤 생각을 했을지는 모르지만.
나는 그가 질투나 견제를 내색하지 않고 모두에게 친절
할 수 있는 비결이 궁금했다. 일단 나부터 한숨 돌리거나
잘되고 나서야 다른 사람의 행복도 진심으로 축하할 수
있는 게 인지상정 아니던가.

***

    이후에 살면서 누군가에게 부러움이나 경쟁의식을 느껴보지 못했다는 사람을 딱 두 명 만난 적이 있다. 한 명은 한 언론사에 입사했을 때 만난 회장님이었다. 이런 말을 하는 게 전혀 어색하지 않다는 얼굴로, 자신은 태어나서 콤플렉스를 가져본 적이 없다고 말했다. 소위 말하는 금수저를 물고 태어났고 하고 싶은 것은 다 해보고 살았다 하니 그럴 수 있겠다 싶었다. 두 번째 만난 이는 가진 풍족함과 별개로 본인만의 삶의 기준이 있는 사람이었다. 세상을 긍정적으로 바라보기 때문이 아니라 오히려 반대로 인간에 대한 기대치가 그다지 없기 때문이었다. 세속적인 기준에 맞춰 아등바등 살아가는 것들에 대해 한 발짝 떨어져 냉소를 보내는 편이었다. 살면서 한 번도 누군가와 비교하는 마음을 가져본 적이 없다는 그의 말이 처음엔 믿기 힘들어, 비교하는 건 사람의 본성 아니느냐고 물었지만 본인은 느껴보지 못했으니 그걸 설명할 길이 없다고 했다. 그가 그렇다니, 이 또한 나로서는 이해할 수 있는 영역이 아니었다.

이해하지 못하고 타고나지 못했다면 노력할 수밖에. 그래서 나는 부러운 마음이 드는 순간이면 오히려 더 축하해주기로 마음먹었다. 그런 모습이 가장 멋진 모습이라고 생각했으니까. 그럼에도 종종 실패했다.

***

얼마 전 아빠와 한강 산책을 하고 집으로 돌아가는 길이었다. 산책로를 따라 세잎클로버가 빽빽하게 올라와 있는 게 보였다. 아빠는 며칠 전부터 이 길을 지날 때마다 네잎클로버를 찾으려 해보는데 아무리 찾아도 잘 보이지 않는다고 했다. "내가 찾아볼게요, 아빠." 네잎클로버를 찾으려고 무릎을 쪼그리고 앉는데, 단번에 내 앞에 네잎클로버가 보였다. "찾았다!" 아빠가 놀라면서 웃었다.

"아무리 찾으려고 해도 안 보이더니 딸은 단번에 찾았네! 그러고 보면 각자 자기 몫의 행운이 있는 거야."

아, 그 말은 곱씹을수록 멋진 말이었다. 각자 자기 몫의 행복이라니. 네잎클로버는 그러니까 '그냥' 내게 찾아온 행운이었다. 노력과 무관하게 찾아온 내 몫의 행운이었던 것이다.

네잎클로버를 손에 들고 오면서 깨달았다. 노력만이 행운의 근거가 되지 않는다는 것을. 그동안 내가 쿨하고 싶었지만 실패하고 말았던 부러움과 질투라는 감정은, 스스로 열심히 노력한다는 자부심이 있었기 때문이었다. 내가 쏟는 노력에 있어서만큼은 의심이 없었기에 그보다 애쓰지 않고도 좋은 기회를 잡는 듯한 모습을 인정하기 힘들었던 것이다. 하지만 누가 알까, 그가 어떤 노력을 얼마만큼 했을지. 나의 노력만을 크게 확대해서 본 것은 아니었을지. 무엇보다 행운은, 행복은, 노력 순대로 찾아오는 것이 아니었다.

'그동안 나는 노력이라는 잣대 하나로 누군가 축하받을 만하다, 아니다를 구분 짓고 있었구나.'

네잎클로버가 준 지혜는 놀라웠다. 그리 노력해도 알기 힘들었던, 누군가의 행복을 시샘할 필요가 없다는 것을 깨닫게 해주었으니까. 오늘은, 그가 그의 몫의 행운을 찾은 날인 것이다.

'만만한 사람'의 늪에서
빠져나오는 방법

"살다가 한 번쯤 '내가 호구였구나' 뒤늦게 깨닫게 되는
순간이 있다."

살다가 한 번쯤 '내가 호구였구나' 뒤늦게 깨닫게 되
는 순간이 있다. 나는 선의라고 생각했는데 상대는 다른
의도가 있었다거나, 거절하지 못한 마음을 누군가가 역
으로 이용했다거나, 앞에서는 날 위하는 척 했는데 알고
보니 이기적인 목적이 있었단 것을 알았을 때. 관계에 대
한 배신감을 느끼는 건 물론이고 앞으로 어떻게 관계를

맺고 행동해야 하는지 고민에 빠지게 된다.

나도 예전엔 거절을 못 하는 편이었다. 이렇게 말하면 주변인들도 처음엔 의외라는 반응을 보였다. "똑 부러지고 시간을 알뜰하게 쓰는 네가 거절을 못한다고?" 그런데도 그랬다. 내가 거절을 잘하지 못했던 가장 큰 이유는 부탁을 하는 상대의 마음을 과할 만큼 생각하기 때문이었다. 내가 부탁을 잘 못하는 편이다 보니 상대는 가볍게 툭 던져본 것일 수도 있는데, '이걸 부탁하기까지 얼마나 고민을 많이 했겠어, 많이 고민하다가 나를 찾았겠지'라는 생각으로 귀결이 됐다. 혹은 거절했을 때 관계가 껄끄러워지거나 불편해지는 게 싫어 수락한 경우도 있었다. 내가 좀 고생하고 말지 하는 생각으로. 때로는 약간의 정의감 때문이기도 했다. 누군가 나서서 전체의 목소리를 대변해야 하는 상황이 있으면 총대를 메는 편이었다.

문제는 그다음부터다. 거절을 못 했으니 이제 처리해야 할 일들이 나에게로 넘어온다. 선의를 발휘한 것까진 좋았는데 주말까지 일을 끌어안고 있어야 한다거나 정작 내 일은 뒷전으로 미룰 수밖에 없을 때 스멀스멀 후회가 밀려온다. '그때 좀 미안하더라도 확실하게 말했어야 했는데.' 이후에 상대가 고마워하거나 기뻐하는 모습을 보면 그래도 보람이 있었지만 일이 끝나고 나서의 태도가 부탁할 때와 영 다르면 내가 지금 뭘 한 거지 하는 현타가 찾아오기도 했다. 그런 경험이 몇 번 쌓이고 나니 타당한 이유가 있거나 마음이 끌리지 않는다면 잘 거절할 줄 알아야겠다 다짐하게 됐다. 좋은 마음으로 수락한 결과가 나 자신에게나 누군가에 대한 원망으로 끝나는 건 유쾌하지 않은 일이니까. '상대의 마음이나 상황'만큼 '나의 마음과 상황'도 중요하게 생각하기로 한 것이다.

***

　호구가 되기 쉬운 성향이 있을까? 나는 있다고 본다. 어릴 때부터 숙제를 미루거나 핑계로 할 일을 미루는 일이 거의 없던 나는 성실한 학생이었다. 할 일을 먼저 끝내놓는 게 여러모로 마음이 편했는데, 직장에선 이런 태도가 누군가의 먹잇감이 되기에 딱 좋았다. 분명 다른 동료들과 함께 나누어도 될 일을 한 선배는 오직 나에게만

떠맡겼다. 선배는 '네가 잘 해서' '네가 믿을 만해서' '성과가 좋아서'라는 말로 벗어나기 힘든 책임감을 지웠다. 돌이켜보면 정말 나밖에 할 수 없는 일을 시키는 것도 아니었고, 대단하게 보람을 느낄 일도 아니었다. 하지만 당시엔 그런 거절의 말을 상사 면전에서 꺼내기가 무척 어려웠다. 높은 책임감을 자부심처럼 갖고 살아왔기에 '안 된다', '못 한다'는 말을 해본 적이 거의 없었고, 상사에게 어떻게 말을 꺼내야 할지도 몰랐다.

지나고 보니 선배의 그런 행동이 전략적이었다는 걸 알게 됐다. 매해 신입사원이 입사하면 일을 부려먹을 사람을 공략하는 게 패턴이었던 것이다. 책임감 있고 거절에 취약한, 말 잘 듣는 사람을 골라 다소 고압적으로 일을 지시하고, 지쳐 보일 땐 칭찬을 건네며 거절하기 힘든 분위기를 만들었다.

얼마 전 사회생활을 갓 시작한 후배가 예전의 나와 같은 고민을 하고 있음을 알게 됐다. 성실하게 일을 잘한다는 이유로 본인이 해야 할 일까지 웃으며 맡기는 상사 때문에 힘든데 어떻게 거절해야 할지 모르겠다는 것이었다.

상대를 이용해 먹으려는 이들이 순수하고 약한 마음을 가진 사람들을 곤란한 상황에 빠트리는 게 안타까운 현실이다. 후배가 적절하게 잘라내지 못하고 이대로 관계가 계속된다면 업무가 점점 과부화될 게 눈에 선했다.

나는 그에게 거절하는 것에 두려움을 갖지 말라고 말해주었다. 거절하면 관계가 틀어지거나 불이익을 받게 될 거라는 생각은 단기적으로는 맞을 수 있지만, 장기적으로 보면 잠시의 어색함을 견디고 탈출하는 편이 훨씬 나은 길이니까. 과거 내 상사의 레이더망에 걸렸다가 일찍이 벗어난 사례도 '저는 이 일을 할 수 없다'고 똑부러지게 의견을 표현한 경우였다. 나는 당할 만큼 당하고 한참이 지나서야 겨우 거절하고 빠져나올 수 있었는데, 막상 의사 표현을 하고 나니 왜 그리 오래 끙끙 앓았을까 후회가 됐다.

***

부탁을 거절해야 할지 말아야 할지 망설여진다면, 두 가지 관점에서 질문해보자. 이 일을 했을 때 추후 내 커리

81

어나 능력 향상 등에 도움이 되는가? 혹은 상응할 만한 인센티브나 대가가 주어지는가? 두 가지 중 하나라도 속하지 않는다면 거절을 고민해봐야 한다.

거절할 땐 상대와 일을 분리해서 생각하자. 부탁을 거절했다고 해서 상대방을 거절하는 것이 아니다. 마찬가지로 나에게 사정이 있다면 상대도 이해해주어야 하지 않을까. 만약 거절할 수밖에 없는 상황을 설명했음에도 상대가 크게 실망하면서 관계가 어그러진다면, 그런 관계는 언제라도 쉽게 무너질 관계였을 것이라 생각한다.

수락하지 못하는 이유를 이야기할 땐 구구절절 과도하게 미안해하지 않아도 된다. 내가 받아본 거절 중에 상대가 더욱 매력적이고 당당해 보였던 거절은, 개인적으로는 나를 좋아하지만 이런 이유 때문에 하기 힘들어 미안하다는 말을 명료하고도 다정하게 웃으면서 한 거절이었다.

그리고 내가 거절했다고 해도 상대에게 그렇게까지 치명적인 일은 사실 많지 않다. 나도 어떤 프로젝트를 진행하면서 외부에 섭외 제안을 한 적이 있는데, 그때 몇 차례 거절의 경험이 쌓이면서 오히려 거절당했을 때의 마음을 이해하게 됐다. 거절당하고 당연히 아쉬운 마음이 밀려왔지만 곧이어 '그럴 수 있지' 하는 마음과 함께 어서 다른 대안을 찾기 시작한 것이다.

타인의 시간이 나의 시간만큼 귀한 줄 아는 사람은 애초에 누군가를 호구로 삼으려고 하지 않는다. 당시 내 상사의 특징을 살펴보면 '자기애성 인격장애'였단 생각이 든다. 겉으로는 쿨해 보이지만 알고 보면 가까운 주위 사람들을 이용하거나 가스라이팅으로 착취하며 자신의 욕구를 실현하는 사람이었으니까.

만약 내 주변의 사람들이 자꾸 부탁을 하고 요구를 많이 해온다면. 지금보다 말을 아끼고 과도한 친절함을 줄이는 것도 방법일 수 있다. 나는 상대가 지루하지 않게 대화를 적극 리드하는 성향을 갖고 있었다. 그런데 말이 많아지면 어쩔 수 없이 속내가 투명하게 보이기 마련이다. 나 스스로는 솔직해서 좋다고 생각했지만 상대에게 내 생각을 훤히 보여주는 것이 늘 득이 되는 건 아님을 알게 됐다. 상대방에게 '파악하기 쉬운 사람'이라는 인상을 주면 '이용하거나 부탁하기 쉬운 대상'이 될 수 있다는 게, 애석하게도 부정하기 힘든 현실이다. 쉽게 범접하기 힘든 느낌을 주는 사람을 떠올려보자. 말은 간결하게, 감정 표현은 명료하게, 표정은 크게 갖지 않는다는 특징들을 떠올릴 수 있을 것이다.

나의 시간과 감정은 귀한 것이니까, 아무에게나 내어 주지 말자.

아부 빼고 다 잘하는데요

¶

> "관계로 인해 득은 보지 못할망정
> 손해는 보지 않아야 할 것 아닌가.
> 우리가 사회생활에서 생각해야 할 건 적어도
> '손해 보지 않을' 태도에 관한 것이니까."

아부 빼고 다 잘할 수 있을 것 같았다. 내가 왜 이렇게 열심히 살았는가도, 생각해보면 마음에 없는 행동을 해야 하는 상황이 스스로 거북하게 느껴지고, 아쉬운 소리를 해야 하는 상황에선 '차라리 불이익을 보고 말지' 하는 타입이라는 걸 일찍부터 알았기 때문이다. 누군가에게 기대지 않고도 잘 살 수 있는 사람이 되고 싶었다. 하지만 나의 바람과 달리 회사 생활은 녹록지 않았다. 언젠가 저녁 회식을 마치고 돌아가는 길에 타 부서 선배가 내게 이런 이야기를 꺼낸 적이 있다. 가기 싫은 자리도 참석할 줄 알아야 한다고. 본인은 가만히 있더라도 회사의 정치라는 것이 신호등처럼 바뀌기 마련이니 그때마다 따라갈 사람이 필요하다고. 한마디로 인맥을 관리하고 적당히 아부도 하고 정치에 민감할 필요가 있다는 조언이었다. 왜 내게 이런 이야기를 하는 것인지, 나는 매번 눈치 따라 신호등을 따라 움직이며 살고 싶지 않았다.

아부하지 않고 정정당당하게 실력으로 살아남고 인정받고 싶은 마음, 누구라도 그럴 것이다. 우리가 생각하는 아부란, 누가 봐도 노골적으로 넙죽 엎드리는 태도, 살랑대는 말을 하며 이득을 보려는 유형, 언덕에 비벼서 이득을 보려는 어두운 의도 같은 것들이 떠오르니까.

그런데 보자, 만약 나에게 대표직을 주고 같이 일할 사람을 뽑으라고 한다면 오직 실력 좋은 사람만을 기준으로 뽑을까? 비슷한 실력이라면 더 친절하고 다정한 사람과 함께 일하고 싶지 않을까? 오직 개인의 노력과 실력만으로 업무를 맡기거나 동료와 어울리는 게 현실적으로 가능할까?

방송국에서 일하면서 좋든 싫든 누군가의 운명이 결정권자의 한마디 말과 판단으로 좌지우지될 수 있음을 자주 목격했다. 아마 나도 때론 누군가의 호감으로 인해 더 좋은 기회를 얻었던 적도 있었을 테고, 누군가의 마음에 들지 않아 교체되는 적도 있었을 것이다. 사업을 할 때든 회사에서 거래처와 어떤 프로젝트를 성사시킬 때든 당사자 간의 관계를 빼놓고 정할 수 없다. 서점에서 책이 진열되는 것도 MD의 성향이 반영될 수 있다. 그렇게 보자면 쌓은 관계로 인해 득은 보지 못할망정 손해는 보지 않아야 할 것 아닌가. 우리가 사회생활에서 잊지 말아야 할 건 적어도 '손해 보지 않을' 태도에 관한 것이다.

***

관계에서 어찌 아부라는 속성이 빠질까 싶다. 좋은 관계를 만들기 위해 애쓰는 사람이 눈에 들어오는 건 자연스러운 일이다. 누군가 나에게 호감을 표현하고 노력을 기울이면 처음에는 그다지 관심 없다가도 자꾸 생각나는 게 사람 마음이니까. 사회생활에서도 마찬가지다. 아부가 적성에 안 맞는다며 상대에게 잘 보이길 포기하거나 괜한 오해의 소지를 주지 않겠다며 칭찬을 건네는 데 외려 인색해지는 경우도 많은데, 그렇게 되면 관계를 만들 수 있는 한 가지 방식을 차단해버리는 것이다.

나도 이전엔 칭찬의 표현을 입 밖으로 꺼내는 데 소극적인 편이었다. '내가 굳이 말하지 않아도 잘 알겠지' 생각했었다. 동료가 이룬 멋진 일이나 성과에 대해 왠지 쑥스러워서, 혹은 아부로 비추어질까 봐 말로 전하지 않고 혼자 속으로만 감탄하고 격려하곤 했었다. 그런데 표현하지 않으면 누가 그 마음을 알까. 오히려 상대는 내가 전혀 관심이 없고 무심하다고 오해하기도 했다. 그렇게 표현에 인색하던 나는 어느 날 생각을 바꾸면서 표현을 잘하는 동료들을 떠올려봤다. 헤어스타일이나 의상 스타일처럼 사소한 변화를 알아채고 표현해주는 동료에게 나 또한 더 마음이 갔고, 근심이 있을 때 무슨 일 있느냐고 물어봐줄 때 감동을 받았다. 지나가다가 '그 방송 참 좋았다'고 한마디 해줄 때는 덕분에 일의 보람을 느끼기도 했다. 먼저 인사를 건네거나 칭찬을 해주는 상대에 대한 호감이 자연스럽게 올라가서 나도 무엇으로 보답할 수 있을까 하는 마음이 생겼다.

혹 너무 칭찬을 많이 하면 진정성이 없어 보일까 걱정하기도 하는데, 막상 누군가가 나에게 칭찬을 할 때, 그 사람이 마음에 없는 소리를 한다면서 불쾌하게 느껴졌던 경우가 얼마나 있었는지 생각해보자. 어쨌든 칭찬과 표현은 인색하기보다 넘치는 게 더 낫다는 생각이다. 그러니 '아부를 해야 하나?'라는 부담을 '어떻게 표현하지?' '어떻게 칭찬을 전하지?' '누군가에게 어떤 변화가 있지?' 하는 질문과 관심으로 바꾸어보는 시도를 한번쯤 해볼 일이다.

물론 아부를 '정치적으로' 과도하게 활용해서 승승장구하는 동료의 모습을 보면 부조리하게 느껴지고 힘도 빠진다. 이럴 땐 이렇게 생각하자. 아부로 살아남는 이는 언젠가 아부의 약발이 다했을 때 그 한계로 잘려나갈 수밖에 없다고. 계속해서 승승장구한다면 그것도 능력이라면 능력으로 인정해주자.

　가장 강력한 힘은 결국 '실력'이다. 언젠가 유희열 씨가 했던 인터뷰가 인상적이었다. 본인은 굳이 인맥을 쌓으려 하지 않고 좋아하는 일을 열심히 했을 뿐인데 어느새 저절로 내가 필요한 사람이 되어 있었다는 말이었다. 인정받고 필요한 사람이 되면 어딘가에서 나를 찾는다. 믿고 맡길 수 있는 실력자는 무엇이라도 하고 살 수 있다. 예전보다 이직이 유연해진 시대에 결국 내 실력을 쌓는 게 가장 자유로워지는 길 아니겠는가. 새로운 업계에 진출할 때, 인맥이 없을 때, 인간관계가 부족할 때, 오해와 잡음이 쌓여 있을 때도, 믿을 구석은 결국 '실력'이니까.

　적어도 둘 중 하나라도 제대로 하면 어디에서든 살아남을 수 있다. 아부를 제대로 잘할 거라면 그것도 오케이, 실력으로 필요한 사람이 된다면 와이낫. 어느 쪽에 더욱 치중할 것인가에 따라 회사에서의 나의 방향성도 정할 수 있다. 어떤 자리에 낄 것인지, 어떻게 시간을 쓸 것인지, 어떤 태도로 일할 것인지, 물론 둘 다 잘한다면 그야말로 더할 나위 없겠다.

대화에 여백이 필요한 순간

"꼰대가 되는 건, 상대의 이야기를 들으려는 마음보다
내가 가진 고정관념에서 출발한 생각의 크기가
더 크기 때문 아닐까."

한때는 센스 있다 평가받던 선배가 세월이 흘러 시대 감수성에 맞지 않는 '꼰대' 같은 말을 할 때면 주위에선 마음이 철렁 한다. 본인의 삶의 방식을 상대에게 그대로 적용해서 판단하거나, 사생활을 간섭하거나, 눈치 없이 본인 할 말만 계속할 때, 옆에서는 어떻게 말을 해줘야 할까 고민하다 괜히 오지랖인가 싶어 지켜만 보는 경우도 많다. 그러다 꼭 일이 터진다. 꼰대는 나이불문 어느 시대에 언제라도 존재하기에, 이에 대한 이야기는 아마 시간이 지나도 마를 날이 없을 것이다.

그런데 꼰대에 대한 화두가 흔해진 만큼, 이젠 역으로 귀를 닫고 상대를 무조건 꼰대로 매도하는 태도에 대한 거부감도 생겨났다. 대화를 시작하기도 전에 '나이 많은 윗세대 꼰대가 하는 말이네' 하는 식으로 상황을 종료해버리거나, 이견을 무조건 꼰대로 몰아가며 지적은 들으려 하지 않는 방어적인 태도를 취하는 사람, 그러니까 '꼰대 방패'라 부를 수 있는 경우다. 꼭 전해야 할 의견을 말하는 것까지도 꼰대라 매도하면 대체 무슨 말을 할 수 있겠나 싶다. 그마저 꼰대라고 한다면 '나는 그냥 꼰대하겠다'는 반응들도 있고, 진짜 해주고 싶은 조언일지라도 오해받기 싫어 그냥 말을 아끼게 된다는 경우는 더욱 흔해졌다.

꼰대와 꼰대 방패. 둘 다 공통적으로 상대의 이야기를 들으려는 마음보다 내가 가진 고정관념이 큰 상태에서 대화를 시작할 때 생기는 것 아닐까. 대화에는 여백이 필요하다. 하고 싶은 말이 팽팽하게 부풀어 올라 말을 쏟아 내고 싶을 땐, 일단 상대의 상황에 대해 내가 오해했을 수 있다고, 혹은 아는 것이 거의 없다고 가정하자. 누가 나를 '잘 알지도 못하면서' 판단하는 것이 싫은 것처럼 상대방도 마찬가지일 테니. 또한 타인의 선택을 강요하지 않겠다는 마음이 전제되어야 한다. 만약 상황을 내 마음대로 좌지우지하고 싶은 마음이 크다면 말을 아끼는 편이 낫다.

나는 내게 조언할 때 우리 부모님이 쓰시는 화법이 참 좋다. 세심한 성격의 아빠는 어떤 조언을 전하기 전에 오랜 시간 고민하신다. 그리고 내가 오해하지 않도록 최대한 부드러운 표현을 담아 말씀하신다. 다음은 아빠표 래퍼토리다.

"우리 딸은 다 좋은데~"
"우리 딸은 참 장점이 많고 다 좋은데~"

일단 시작하면서 연고를 한 번 다정하게 발라준다. 묵묵히 듣는 나, 아빠 말이 사실 다 일리가 있다. 그래도 왠지 바로 긍정하고 싶진 않다. 이때 아빠는 마지막에 다시 한 번 연고를 발라준다.

"그래 어떻게 다 잘하겠어? 지금도 너무 잘하고 있어."
"이건 그냥 아빠 생각이야, 선택은 딸이 하는 것이지."

애정을 베이스로 한 조언은 상대의 마음을 다치게 하지 않는다. 혹여 상대에게 그다지 애정이 없더라도, 부드러운 화법을 담았을 때 오해와 간극의 여지가 줄어든다는 것은 틀림없는 사실이다.

상처받지 않는 관계?
그런 건 없습니다

"어른이어서 외롭다는 건 이런 걸까?"

30대 중반이 되기까지 인간관계에 대해 그다지 큰 고민을 하지 않고 살았다는 게 운 좋게 여겨졌다. 하지만 뒤늦게 찾아온 고민은 오히려 일찍 겪었어야 할 성장통을 뒤늦게 끌어안는 기분을 들게 했다. 고민의 시작은 익숙했던 관계들에 여러 이유로 회의감이 쌓이면서부터였다. 가깝다고 생각했지만 크게 실망하고 멀어진 사이도 있었고, 친한 사이라 여겼는데 필터링 없이 상처가 되는 말을 농담처럼 내뱉는 상대에게 마음을 다친 경우도 있었다. 이전에는 기분은 묘하게 나쁘지만 그냥 이해하고 넘겼었다. 본래 친하니까, 속마음은 그렇지 않겠지, 실수한 거겠지, 내가 오해한 걸 수 있지 하고.

하지만 그렇게 덮고 이해하며 지나온 관계는 결국 한 번은 크게 어그러지고 말았다. 신뢰가 깊었던 만큼 진한 상처가 생겼고 이럴 바엔 누군가를 애초에 깊이 신뢰하지 않는 게 더 나은 것 아닐까 생각하게 됐다. 그러면서 이젠 얼마나 오랫동안 알고 지냈는지보다 나에게 보여주고 들려주는 객관적인 말과 행동들을 믿기로 했다. 어떤 말은 나의 하루를 살렸고, 어떤 말은 기분을 나락으로 떨어뜨렸으니까. 그렇게 생각하자 이전에는 '왜 그런 말과 행동을 하는 걸까' 서운해하던 마음이 사라졌다. 배려가 부족한 사람에겐 실망 대신 조용히 그만큼의 내적 거리를 두었다. 상처가 생길 상황을 차단하는 일엔 능숙해졌지만 한편으론 징글징글하게 얽혀 깊은 대화를 나누고 싶기도 했다. 어른이어서 외롭다는 건 이런 걸까, 생각했다.

한 선배가 생각났다. 사회생활을 시작한 지 얼마 되지 않은 내 눈엔, 그 선배가 커리어적으로 정점을 찍은 듯했고 여유 넘치는 태도 또한 멋있어 보였다. 진짜 성공한 어른의 모습이랄까. 그래서 화려하게 빛나 보이기만 하던 선배가 "그런데, 어느 순간이 되면 외로워지는 때가 올 수 있어"라는 말을 했을 땐 의외였다.

하지만 나에게도 결국 그런 순간이 왔듯, 누구에게나 어느 순간 외로워지는 때가 찾아온다. 주변에 사람이 많은 것과 별개로, 나이가 들수록, 조직에서 책임질 일이 많아질수록, 혹은 두각을 나타낼수록, 내 말과 행동에 과도한 의미부여가 되기도 하고, 약한 마음을 비치면 위기로 해석되거나 이를 이용하려는 사람이 생기기도 한다. 듣기보다 들어주길 바라는 사람들이 더 많아지면서 점점 속마음을 나눌 상대가 줄어든다. 리더의 자리는 외로움의 몫이라는 말이 있지 않은가.

* * *

식물학자 신혜우 선생님과의 인터뷰를 위해 작가님

의 전시회를 찾은 날이었다. 전시장을 둘러본 후 자리를 잡고 인터뷰를 진행하다가 선생님에게 "저는 어떤 식물 같아요?" 물었다. 어떤 대답이 나올지 무척 궁금했는데, 작가님의 대답은 낯설고도 새로웠다.

"백두산의 보라색 매발톱꽃 같아요."

백두산, 매발톱꽃…? 작가님이 말을 이어나갔다.

"화려하면서 동시에 외로워 보여서요."

작가님의 맑은 눈이 내 마음을 훤히 들여다본 것 같았다. 조금 부끄러워졌다. 상처받지 않으려 마음을 닫고 있는, 지금 나의 내면을 들킨 기분이었다.

***

그리고 얼마 뒤, 더글러스 케네디 작가님과 세계국제 도서전 인터뷰를 진행하게 됐다. 인간관계에 대한 고민이 계속되고 있었던 시기였기에 작가님에게 묻고 싶은 질문들이 많았다. 책을 읽으며 공감을 나눈 작가님이라면, 내가 했던 고민을 작가님 또한 어떤 시기에 깊게 했을 거란 확신이 있었기 때문이다.

작가님에게 물었다. 믿었던 사람에게 배신당하기도 하고, 반대로 내가 누군가를 실망시키기도 하고, 잘 안다고 생각했던 사람의 전혀 다른 면모를 알게 되어 회의감이 들기도 하는데, 이에 지친 사람들이 많다고. 어떻게 상처받지 않고 관계를 이어갈 수 있다고 생각하시는지 말이다. 작가님이 답했다.

"그건 불가능해요."

불.가.능.하.다. 곱씹을수록 너무나 당연한 말이었다. 그런데 그 당연한 말을 그동안 인정하기 싫어서 이리저리 피하고 살았던 거구나 싶어 머리가 띵 했다. '상처받지 않는 법'이라는 말이 말장난처럼 느껴졌다. 그리고 나를 돌아봤다. 그러는 너는 누구에게 상처 주지 않고 살았다 자신할 수 있느냐고, 언제나 진실하였고 언제나 그의 편이 되었느냐고. 내가 그럴 수 없듯이, 상대 또한 나에게 진심만을 보여주고 모든 것을 이해해주길 바라는 것은 불가능한 일이었다. 다른 자아를 가진 두 사람 사이에서 오해가 생기는 건 필연일 수밖에 없었다.

상처 없이 행복할 가능성도 버릴 것인가, 상처받더라도 행복해지는 길을 택할 것인가, 나의 답은 후자였다. 잠시 우정과 사랑에 대해 불신했던 나는 그날 이후 상처받지 않겠다는 바람 내지 기대감을 버렸다. 그리고 한때 진심이었던 관계가 결국 틀어졌다고 해서 그 이전의 시간까지 모두 부정하지 않기로 했다. 시간이 흘러 나의 자아가 변하듯 상대방도, 우리의 관계도 자연스럽게 변한 것일 테니까. 다만 이제 누구의 손을 더 적극 잡을 것인가는 명확해졌다. 소중한 관계일수록 서로 존중하고 노력해야한다는 것을 아는 이라면. 그렇지 못했던 지난 순간들에 후회와 미안함으로 인사하며, 나는 다시 마음의 결개를 열고 깊게 꼬이는 관계로 뛰어들기로 했다.

***

사람들에게 서로를 존중하는 법에 대해 물었다. 경청, 이해, 무언가를 당연하게 여기지 않는 태도 등 존중의 방법은 사람의 수만큼이나 다양했다. 존중은 역으로 상처를 받은 경험을 통해서 터득하기도 했고, 상대가 보여준 선한 신뢰에 감명받아 다시 나로부터 퍼져나가는 계기가 되기도 했다.

"상대를 이해하기보다는 인정하는 것이 필요한 것 아닐까요. 어쩔 수 없이 타인을 이해하는 데는 한계가 있을 수밖에 없으니까요."

"우리 모두 각자 삶의 무게를 버티고 있잖아요. 다정한 태도가 누군가에게 용기가 되고 지속할 힘이 될 수 있다 생각해요. 그래서 같은 말을 하더라도 더 다정하게, 따뜻하게 건네고 싶어요."

"저는 스스로를 존중해주기로 했어요. 나를 존중하

는 법은 곧 내 목소리를 들어주는 것이고요."

"아빠가 말씀하셨어요. '상대에게 기대를 하면 안
돼.' 처음엔 그 말이 서운하게 들렸지만 시간이 지나
서 그게 아빠가 사람을 존중하는 방식이란 생각을 하
게 됐어요. '기대'란 달리 생각하면 부정적인 말이기
도 하더라고요. 기대를 하며 상대를 마음대로 해석할
수 있으니까요. 호의가 변질될 수도 있고요."

"누군가 저의 실수를 무조건 감싸주지 않을 때, 도리
어 그게 저를 존중하는 행위란 생각이 들어요. 객관
적으로 잘못된 행동을 했을 때도 누군가는 마냥 감싸
주기만 하는데, 어떤 친구는 제 잘못을 정확하게 지
적하고 분석해주었어요. 그러면서 동시에 너는 이런
장점이 있으니 그걸 잘 살렸으면 좋겠다는 애정 어린
조언을 해줬죠. 오해받을 각오를 하고서라도 저를 위
해 용기를 내준 것 아닐까요?"

"제가 사업을 하고 있어서 상대방을 설득하는 건 늘 저의 몫이고, 어딜 가서도 카운터에 서서 말하는 게 부지기수예요. 그런데 어느 날 누군가 저에게 '앉아서 대화하시죠'라는 말을 건네더라고요. 그 말을 꺼낸 사람에겐 최소한의 환대였을 수 있지만 저에겐 최대한의 환대로 느껴졌어요."

"영화 〈소울〉을 보면서 생각했어요. 제 인생이 별 볼일 없다고 생각했었는데 제 자신을 존중하는 방법은 내 삶이 특별한 삶이다라고 생각하는 것이더라고요."

"모른다는 생각에서 출발해야 하는 것 같아요. 내가 생각한 친절이 상대에겐 정작 도움이 안 될 수도 있는 거죠. 시각장애인을 무조건 도와줘야 한다고 생각할 수 있지만 혼자 걷고 싶을 수도 있는 것이고요. 저는 그래서 누군가를 돕기 전에 '도움이 필요하세요?'라고 물어봐요."

"다수를 디폴트 값으로 생각하지 않는 것이요. 회식할 때 우리가 흔히 메뉴를 통일해서 미리 주문하고 '나는 센스 있는 사람'이라고 생각할 수 있잖아요. 그러다가 제가 베지테리언이 되고 나니까 그게 얼마나 잘못된 생각이었는지 알게 되더라고요. 소수자 입장이 되어보니 깨닫게 된 거죠."

"한 사람이 쓰는 언어가 상대를 향한 그 사람의 태도를 나타내는 것 같아요. 누구에게나 쉽게 나이를 묻는 것이 무의식적인 위계의 행위일 수 있듯이요. 제가 조카와 함께 살고 있는데, 조카는 나이는 어리지만 성숙한 아이거든요. 어느 날 문득, 그 아이도 본인의 욕구가 있을 텐데 칭찬받기 위해 누르고 있을지도 모르겠단 생각이 들었어요. 칭찬이 중요하면서도 독이 될 수 있다는 걸 깨달은 거죠. 그 이후엔 착하다 혹은 말 잘 듣는다는 표현 대신 과정을 칭찬해주거나 노력하느라 수고했다는 말을 건네요."

"제 이야기를 끝까지 경청해준 사람이 있었어요. 그때 제 존재 자체가 존중받는 듯한 경험을 했어요."

"자신을 사랑하지 않은 채 상대방을 위하는 경우가 있는데요. 그럴 때 상처를 받거나 배신을 당하면 더 큰 분노와 좌절을 느끼게 되죠. 저는 무엇보다 자신에 대한 존중과 사랑이 우선되어야 한다고 생각해요."

괴롭힘에 맞서 나를 지키는 것

3

용기에 대해

"'상대가 나를 어떻게 생각하거나 행동하건,
나는 더 잘될 거야라고 생각해요.' 맞다.
누가 뭐라 하던 내 갈 길을 독보적으로 가는 것.
우아하게 한방 먹이는 방법이 아닐까 싶다."

누군가 당신을 괴롭힌다면

"상황이 바뀌기 시작한 건
대신 목소리를 내준 한 선배 덕분이었다."

내 갈 길 잘 가고 있는데 옆에서 자꾸 발을 걸고 소금을 뿌리는 사람들을 만나곤 한다. 본인 인생에 충실할 것이지 왜 애꿎은 사람에게 꼬인 마음을 푸는 건지. 그런데 그 사람이 직장상사라면 '똥 밟았네' 하고 쉽게 털고 지나갈 수 있는 문제가 아니게 된다.

나도 직장에서 최악의 인간을 만난 적이 있다. 그 사

람을 생각하면 출근 전날부터 가슴이 콩닥콩닥 뛰었고, 사무실에서 걸어오는 발걸음 소리가 들리거나 내 이름을 부르면 무슨 이야기를 하려나 긴장되고, 퇴근 후나 주말을 가리지 않고 울리는 카톡 소리에 놀라 이런 메신저를 만든 회사를 원망하기까지 했다. 그땐 너무 힘들었는데, 시간이 지나면서 나쁜 기억은 증발되고 그러한 인간 유형에 대한 이해가 남았다. 당시에 내가 그랬던 것처럼, 지금 비슷한 상황에서 선뜻 도움을 구하기 어렵거나 해결책을 찾기 힘들어하고 있을 누군가가 있다면 조금이나마 도움이 되길 바라는 마음으로 쓰는 이야기이다.

***

그 사람의 괴롭힘은 다방면으로 이어졌었다. 본인 기분에 따라 매일 나를 대하는 태도가 달라졌는데 기분이 좋지 않은 날은 핑곗거리를 찾아서라도 회의실로 불러 호통을 쳤다. 트집 잡히는 게 싫어 요구한 대로 일을 빨리 처리했는데도 '본인을 무시하느냐'며 억지를 부리는 게 황당했다. 하지만 당시엔 그런 행동을 멈추게 할 방법이 없어 보였다. 선배들은 이 문제를 심각하게 인지하지 못했다. 선배들에게는 아주 친절하고, 필요한 사람에게는 절대 선을 넘지 않는 강약약강의 전형이었기 때문이다. 특히 최고 관리자에게는 끔뻑 죽는 시늉이라도 할 만큼 충성을 다 했기에 윗선에선 이런 사실을 암묵적으로 알고 있으면서도 아무런 조치를 취하지 않았다. 어렵게 빙빙 돌려 힘들다는 사실을 털어놓아 봤지만 둘의 사이는 여전히 공고했고 나는 무력함을 느꼈다.

그러다 또 어느 날은 한없이 친절하게 웃는 얼굴로 다가왔다. 부탁하지도 않은 모니터링을 해주며 '네가 정말 잘되었으면 좋겠다' 응원하거나 본인이 나를 얼마나 생각하고 있는지에 관해 이야기했다. 결정적으로는 나쁜 사람이 되고 싶지 않은 마음이었는지 혹은 계속 일을 부려먹기 위한 수작이었는지, 다그치고 달래는 전형적인 괴롭힘의 유형이었다. 신입사원인 나에게 그 사람은 직장이란 원래 이런 곳이라는 주입을 끊임없이 했다. 네가 잘못 알고 있는 것이니 네가 고쳐야 한다고.

그 사람은 회사를 참 좋아했다. 퇴근도 하지 않고 이런

저런 일들을 벌였다. 본인이 기획한 일을 스스로 열심히 한다면 얼마나 보기 좋았을까. 세세한 일을 수행하는 건 늘 후배들의 몫이었다. 물론 공적은 본인의 차지였다. 아, 허무하다. 그때의 그 개고생이 이렇게 몇 줄로 끝나다니.

그때 내가 알게 된 것은, 벌어지는 일을 알고도 방관하는 것은 소극적인 형태로나마 가해에 동참하는 의미일 수 있다는 것이다. 한번은 이런 일이 있었다. 입사 후부터 그 사람과 내 자리는 늘 가까웠는데 처음엔 우연의 일치인가 했지만 그게 아니었다. 새롭게 자리를 옮기는 이삿날, 본래 자리배치엔 분명 나와 그 사람이 멀찍이 떨어져 있었는데 다시 보니 자리가 그 사람 앞으로 바뀌어 있었다. 마음대로 자리를 바꾸어버리는 월권을 부장이 내 의사는 물어보지도 않고 승인해준 것이다. 나는 이 또한 가해라고 생각했다.

**

지금도 내가 왜 그 사람의 괴롭힘의 대상이 되었는지 알지 못한다. 오랫동안 이유에 대해 이해하려 노력했었다.

내가 더 친절하게 다가가야 하나? 못한다고 단호하게 말해야 하나? 집에 안 좋은 일이 있나? 오늘 기분은 왜 저런 거지? 왜 이해를 하려는 마음까지도 내 몫이어야 했을까.

나를 아는 지인들은 내가 그렇게 당하고만 있을 사람이 아닌데 이해할 수 없다고 말했다. 하지 말라고 항의하거나, 왜 힘들다고 호소하지 않았는지 의아해했다. 나 또한 그러한 일을 직접 겪지 않았다면 다른 이에게 쉽게 말했을 것이다. 대체 왜 그 상황을 그냥 참고만 있었느냐고. 성희롱이나 성추행 사건의 경우 그러한 질문은 더욱 집요해진다. 왜 그때는 말하지 않았고 이제 와서 그러느냐는 의심이 꼬리를 물고 이어진다. 힘들었던 시간을 어렵게 토로하는 당사자에게 다른 목적이나 의도가 있는 건 아닌지 묻는 2차 가해를 하기도 한다. '싫으면 더 강하게 말했어야지. 더 적극적으로 항의했어야지. 문자도 친절하게 답했던데?' 잘 지내는 방식으로 해결할 수 있지 않을까 하는 바람 때문이었을 것이고, 상황을 바꾸어보기 위해 하는 노력이었을 것이다.

그리고 일상을 잃고 싶지 않아서였을 것이다. 다분히

노력해서 입사한 소중한 직장이고 이곳에서 이루고 싶은 꿈이 있으니까. 문제를 제기했을 때 역으로 입지가 좁아지거나 낙인이 찍히는 상황에 대한 두려움이 있을 수밖에 없다. 상대의 권위와 권력이 강할수록 상황이 더 최악으로 치달을 수 있다는 두려움을 선뜻 이겨내기 쉽지 않다.

***

상황이 바뀌기 시작한 건 나와 같은 후배 입장인데도 대신 목소리를 내준 한 선배 덕분이었다. 나를 괴롭히는 그 사람이, 이미 승인이 난 내 휴가를 본인 마음대로 취소하는 것을 본 선배가 대신 이의를 제기한 것이다. '왜 그래야 하느냐'고 대신 묻는 선배의 모습에 나도 놀랐고, 후배들도 놀랐고, 그 사람도 놀랐다. 침묵을 깬 선배의 용기에 혼자 끙끙 앓던 후배들이 조금씩 용기를 내기 시작했다. 각자 겪었던 일들을 조금씩 공유하기 시작했고 그 사람은 점점 놀란 달팽이처럼 움츠러들었다.

나는 지금도 그 선배에게 무척 고마운 마음을 갖고 있다. 회사의 시스템으로 보호받지 못할 때, 리더가 방관할 때 대신 나서서 목소리를 모으는 시작이자 용기가 되어 주었으니까. 결국 그 사람은 그동안의 만행이 알려지며 동료들에게 신뢰와 평판을 잃었다. 당연히 후배들에게 하던 갑질과 괴롭힘도 불가능해졌다. 그리고 얼마 후엔 몇 년 만에 나에게 처음으로 사과를 했다. 사람은 쉽게 바뀌는 것이 아니니 그다지 진심이라고 믿진 않았지만.

폭스뉴스에서 일어났던 성추행을 고발한 영화 〈밤쉘〉에도 2차 가해의 전형적인 장면이 나온다. 피해자는 용기를 내서 가해자를 고발하지만 가해자는 사실을 완전히 부인하며 이것은 누군가 자신을 해치기 위한 정치적 문제라고 주장한다. 가해자의 동료들은 그가 얼마나 대단한 인물인지 미담을 제조해 대내외적으로 알리고, 오히려 피해자에 대한 부정적인 가십을 뿌려댄다. 처음에 가해자에게 맞추어졌던 초점을 점점 피해자에게로 돌린다. '결국 한몫 뜯으려 하는 것 아니겠나', '대인관계가 좋지 못했다더라'는 식의 여론이 만들어진다. 이때 다시 상황을 반전시킨 건 또 다른 고백의 목소리였다. 피해자의 용기에 힘을 보태준 또 다른 피해자의 용기 덕분에 가해자는 결국 설 곳을 잃게 된다.

지금의 나라면 분명 달리 대처했을 것이다. 하지만 그때는 처음 겪는 일이라 어떻게 대처해야 할지 몰랐고 도움을 적극 요청하지도 못했다. 누구라도 처음이니 그럴 수 있다. 당신이 나약해서 이렇게 당하고만 있다고 생각하지 않았으면 좋겠다. 그 사람을 무서워하지 않길 바란다. 그런 마음을 알고 파고드는 것이니까. 상대가 호통을 치면 무표정한 얼굴로 대꾸하자. 나는 나중에 그 사람을 불쌍하게 생각하게 됐다. 오죽 자존감이 낮으면 저렇게 한줌의 권력을 휘둘러가며 주변을 불행하게 만들까 하고. 그는 무서운 존재가 아니라 오히려 나약한 존재였다. 만약 상황을 정말 못 견디겠다면 그만둬도 괜찮다. 인내하고 나아지길 기다리다가 마음의 상처와 불안이 감당하기 힘들 정도로 깊어질지도 모르니까. 계속 살아가는 것보다 중요한 건 없으니까.

"관계 때문에 힘들어서 퇴사하는 사람이 많다면 병든 조직일 확률이 높아요. 그런 조직에선 오히려 빨리 판단하는 게 좋습니다. 이런 가해자들에겐 몇 가지 특징이 있어요. 친화력이 없을 거라 오해하지만 반대로 친화력이 뛰어납니다. 거짓말을 자주 하고 본인에 대한 나쁜 피드백은 강력히 부정해요. 가끔 오히려 피해자로 둔갑하기도 합니다. 이런 조직에서 일단 버텨보고자 한다면 몇 가지 주의할 점이 있어요. 내가 엎드리면 배려해줄 거란 생각은 버리세요. 절대 안 바뀝니다. 언젠가 친해지면 편해질 거란 생각도 하지 마세요. 그들은 '자기 사람'을 만드는 작업을 계속합니다. 형이니까 말 놓자, 언니니까 말 놓아라 하면서 커피 한잔 술 한잔 할 자리를 만들어요. 자신의 말에 동조하면 이제 이용해 먹기 좋은 상태로 만들었다고 생각하는 거죠. 뭔가를 계획할 때는 자신의 생각을 자꾸 동조시키려 합니다. 이럴 땐 '그렇게 생각할 수 있겠네요' 하고 끊어내는 게 좋아요. 그리고 그들은 본인의 조력자를 찾습니다. 결국 회사 내 분열이 일어나요. 조력자와 아닌 자들로. 그들이 조직을 거느리게 되면 그 조직은 썩는 겁니다. 그들은 또 감정적인 경우가 많아요. 많은 사람들 앞에서 누군가를 망신 주는 것을 아무렇지 않게 생각합니다."

"저는 상사의 갑질에 너무 회의감이 들어서 어느 날부터 열심히 심리학을 공부하기 시작했어요. 그때 제가 인상 깊게 본 게 '피터의 법칙'이라는 건데요, 무능한 상사일수록 직원들에게 가혹하다는 말이 기억에 남더라고요. 본인이 위로 올라갈수록 알은 체를 하고 직원들을 관리, 통제해야 한다고 생각한대요. 과도하게 지적하거나 사소한 부분까지 평가하면서 직원들의 능력을 인정하지 않는 거죠."

"한 명의 노력으로 바꿀 수 있는 게 아무것도 없다고 생각할 수 있지만, 한 명의 노력으로 모든 것을 바꿀 수 있더라고요. 내 영향력이 없다 느끼는 경우가 많았는데 내가 낸 용기가 서서히 퍼져서 가시적으로 변화가 생기는 걸 경험했어요."

근거 없는 소문이 들려온다면

¶

"소문은 모르는 게 약일까, 아는 게 나은 걸까?"

아니 땐 굴뚝에 연기가 난다는 것을 경험했다. 사실이 아닌데도 사실처럼 만들어지는 소문들이 존재한다. 당사자가 아무리 사실이 아니라고 말해도 어떤 상황들이 만들어지고 나면 이게 괜히 생겼겠느냐는 의심을 받게 된다. 때문에 소문이 퍼지는 건 한순간이지만 바로잡기란 쉽지 않다.

"현주야, 너 결혼하니?" 몇 년 전, 회사 정수기 앞에서 물을 마시다 마주친 선배가 물었다. 무슨 소리냐 물으니 어디 혼수 가게에서 너를 봤다느니 예식장을 알아보고 다닌다느니 하는 이야기를 건너 들었다는 것이다. 결혼에 대해 생각지도 않던 때라 황당한 소리라며 웃었다. 자리에 돌아와선 어디에서 이야기를 들었는지 묻기라도 할까 싶었지만 뭐 잘못 들은 거겠지 하고 넘겼다.

몇 년 뒤에 지인이 똑같은 질문을 해왔다. "언니 결혼해? 곧 한다던데? 나한테만 쏙 빼고 이야기 안 한 거야?" 이번엔 출처부터 확인했다. 건너 건너들은 이야기다 말할 뿐 역시나 출처는 확인되지 않았다. 우리 부모님이 들으면 반색할 소식이었겠지만 한창 일하는 재미에 빠져 회사와 집만 오고 있던 내게 당시 결혼은 관심 밖의 주제였다. 그런데 왜 이런 소문이 만들어지는 걸까. 이건 오지랖을 넘어 날조 아닌가.

대부분 소문은 어느 정도 퍼진 후에 당사자에게 도달한다. 어느 날은 친한 동기가 전화를 걸어왔다. 평소와 달리 조심스러운 말투로 밑밥을 깔며 말을 뱅뱅 돌리기에 대체 무슨 일이냐며 긴장된 마음으로 재촉했다. 그는 우리가 친하니까 묻는 거라고, 누군가 또 이런 질문을 하면 그땐 확실하게 대응하고 싶어서라는 전제를 깔았다. "뭔데, 속 시원하게 물어봐." 여기저기에 떠도는 나에 대한 이야기가 있다고 했다. 오늘도 누군가 그에 관한 질문을 동기에게 했다면서, 그 소문을 들을 때마다 아닐 것 같아 기분이 나빴지만 또 확인하기 전까진 확신할 수 없으니 오늘만큼은 나에게 묻기로 결심한 것이라 했다.

"아니, 사실이 아닌데." 나한테 직접 물어보지 그걸 왜 너한테 묻느냐며 푸념을 더했다. 오며 가며 스쳤을 동료 중 누군가는 나를 색안경 끼고 봤을 것이라 생각하면 억울한 마음이 올라왔다. 이후 다른 동료에게도 똑같은 질문을 받았다. 이렇게 물어봐주면 차라리 낫다 싶으면서도 한편으론 듣고 싶지 않기도 했다. 소문은 모르는 게 약일까, 아는 게 나은 걸까. 그 동료는 소문에 대한 자세한 목격담까지 있다고 했다. 사실 자체가 아닌데 구체적인 목격담까지 만들어지다니 팔짝 뛸 노릇이었다. 마음 같아서는 그런 이야기를 한 사람을 찾아내 왜 있지도 않은 사실을 만든 것이냐고 따지고 싶었다. 화가 났으니까. 그러다 조금 지나선 '그래봐야 뭐하나' 싶었다. 거기에 들어갈 내 감정과 시간과 에너지가 아까웠다. 이 소문의 경우 기분이 나쁘고 내게 흠집을 줄 수 있는 유언비어이긴 했지만, 조금 더 크게 본다면 뒷담화를 좋아하는 사람들이 나눌 만한 가십거리의 내용이었다. 이에 관해 관심 없는 사람도 다수일 것이다. 그러니 언젠가 가시화가 필요하다면 그때 확실히 말해도 된다 생각했다. 소문을 만든 사람의 뒤틀린 심보에 일일이 대응하며 내 에너지를 헛되이 쓰지 않기로 한 것이다.

만약 나의 커리어와 일에 치명적으로 해가 된다면 적극 대처해야 할 때도 있다. 괜히 일을 시끄럽게 만드는 건 아닐까 고민하게 되는데, 침묵이 곧 인정으로 비추어지는 경우가 있기 때문이다. 다만 감정적인 방식으로 대처하면 그런 모습이 사람들의 관음적인 심리를 자극하니, 말은 간결하게, 법과 제도로 확실하고 맵게 대응하는 것이 좋다.

소문으로 인해 가까운 사람부터 불특정 다수가 나를

오해하게 될 것이라는 스트레스에 대해선 어떻게 해야할까. 이럴 땐 관계의 문제로 생각해본다. 나에 관한 유언비어를 믿는 사람 중 진짜 나와 가까운 사람이 얼마나 있을까. 또한 나에 관한 소문을 전하면서 이러쿵저러쿵 하는 이야기까지 과도하게 전하며 불안함을 가중시키는 경우엔 좋은 동료가 아닐 확률이 높다. 소문을 쉽게 믿고 나를 부정적으로 판단하는 사람과 앞으로 인간적으로 친해질 확률은 얼마나 될까. 그 말만 듣고 단정 짓는 사람이라면 인연은 딱 거기까지인 것 아닐까. 일로 맺은 관계는 프로페셔널하게 임하면 되는 것이고 이후에 인간적으로 친해지는 사람이라면 그깟 오해쯤은 풀 수 있을 것이다.

역으로 소문을 들었을 때 대처하는 태도에 대해서도 생각해보는 것이 좋다. 직장생활에서 자리에 없는 제3자의 이야기가 나오는 걸 어찌 막을 수 있을까. 다만 누가 무엇 무엇 했다더라 깎아내리는 이야기가 나올 때 일단 맞장구를 치지 않는 것이 좋고, 사실 여부가 궁금하다면 어디에서 그런 이야기를 들었는지 출처를 물어봄으로써 섣불리 소문의 가마에 올라타지 않을 수 있다. 전하는 이가 직접 경험하고 들은 바가 아니라면 부풀려지거나 왜곡되었을 확률이 높다. 원하지 않는데 들은 이야기라면 다시 누군가에게 전하지 않는 것으로 이야기의 전파를 끊는다. 내가 직접 겪고 확인하기 전까진 상대를 쉽사리 평가하지 않겠다 되새긴다. 관련해서 기억나는 일화가 하나 있다. 제3자에 관한 소문을 들은 사례자가 이렇게 말했다고 한다.

"그래서 그게 무슨 상관인데?"

상대에 대한 판단은 내가 한다는 강단, 소문을 불식함과 동시에, 이야기를 전한 사람의 얼굴을 발그레하게 만드는 멋진 대응이 아닐 수 없다.

무례한 누군가를 만났을 때

＊

¶

"괴롭히는 심리의 기저에는 불안이 있다."

언젠가 강남역에 있는 한식 요리학원에 다녔을 때의 일이다. 수강생들이 각자 배정받은 싱크대와 도마 앞에 서서 선생님의 설명을 따라 조리를 시작했다. 손이 많이 가는 한식은 절대 내 길이 아니라는 것을 체감하며 줘도 먹지 않을 요리를 만들고 있었다. 그런데, "아!" 요리를 다 마치고 설거지를 하는데 누군가 내 정강이를 훅 치고 지나갔다. 통증도 통증인데 이게 무슨 일인가 싶어 어안이 벙벙했다. 조금 전 내 옆자리에 있던 중년의 수강생이 지나갔을 뿐 주변엔 아무도 없었다. '설마…' 하며 다시 개수대 앞에 서는데 한 번 더 강한 스매싱이 날아왔다.

이번엔 확실해졌다. 그 사람이 다시 한 번 지나가며 내 정강이를 발로 걷어찬 것이다. 그의 얼굴은 아무 일도 없었다는 듯 평온했다. 개수대 밑에서 일어난 일이기에 다른 사람들에겐 보이지 않는 상황이었다. 너무 황당했고, 이유를 알아야 했다. 왜 나를 차고 지나갔느냐 물었지만 그는 대꾸조차 하지 않으며 태연한 얼굴로 계속 본인 할 일만 했다. 뻔뻔한 태도에 화가 났지만 똑같이 정강이를 찰 수도 없고 모르는 사람과 싸우는 건 더 자신이 없었다.

꾹꾹 눌러 참다가 수업이 끝나고 선생님과 이야기를 나누며 꺼이꺼이 억울함을 토로했다. 선생님도 그분이 평소에는 말없이 조용한 사람이라 어떤 이유인지 잘 모르겠다고 했다. 아마 내 모습이 밝아 보여 심술이 난 게 아닐까 하는 생각이 든다고 말했다. 그날 이후 나는 요리에 대해 그나마 있던 1그램의 호기심과 의욕까지 모두 사라졌고, 또다시 그 사람을 마주할 자신이 없어 수업에 나가지 않았다. 같은 상황을 겪고 싶지 않아 피한 것이다. '똥 밟은 날이다' 생각하고 재빨리 잊는 것이 당시 내가 생각한 최선의 방법이었다.

무례한 사람들은 현실에도 있고 온라인에도 있다. 트집을 잡거나 과도하게 불만을 제기하는 진상 고객, 지나가는 행인에게 다짜고짜 공격을 가하는 무법자들, 나의 경우 직업 특성상 악성 댓글을 달거나 메시지를 보내는 익명의 네티즌들이 해당할 수 있겠다. 온라인상에서 생각을 표현할 수 있는 경로와 수단은 늘어났지만 그만큼 정제되지 않은 혐오를 드러내는 것도 쉬워졌다. 타당한 이유가 있는 비판은 감사하게 들을 수 있지만 본인의 분풀이를 여기에서 하는 것 아닌가 싶은 사람들을 만날 때면 왜 내가 그 사람의 감정받이가 되어야 하는지, 어떻게 대처하는 것이 맞는지 고민하게 된다. 의견이 다르다는 이유로, 상대가 마음에 들지 않는다는 이유로, 혹은 그저 기분이 좋지 않아서 무례한 행동을 하는 사람들을 어떻게 상대해야 할까.

***

    최근 인터뷰를 통해 만난 한 고등학생 친구도 이에 관한 고민을 하고 있었다. 그는 다양성과 인권에 관심이 많아 관련된 동아리 활동을 하고 있는데 이에 관한 생각들을 친구들에게 이야기하면 공격을 받는다고 했다. 그래서 실은 많이 지쳐 있는 상태라며, 어떻게 해야 하는지 모르겠단 고민을 내게 털어놓았다. 이런 고민을 해야 하는 상황이 마음 아팠고, 나는 깊이 공감하며 그에게 말했다. 당신은 정말 용기 있는 사람이라고. 주변 사람들이 하는 말에 적당히 맞추거나 다수가 당연하듯 따르는 관습에 거슬리지 않게 살아가는 것이 사실은 훨씬 쉬운 길이라고. 그걸 알면서도 의문을 갖고 무언가를 바꾸려 노력하는 건 특별한 사람만이 할 수 있는 행동이라고.

    하지만 누군가가 공격적인 태도를 보일 때면 당연히 상처받고 지칠 수 있으니 지금은 괜찮아질 때까지 쉬어갔으면 좋겠다고 말했다. 나도 그처럼 잠시 지쳤던 때가 있었기 때문에 어떤 상황이고 마음인지 이해할 수 있었다. 그럴 땐 다른 어떤 것보다 우선 자신을 지키는 게 중요했다.

잠시 고요의 시간을 지나면서 달리 보게 되고 이해하게 되는 것들이 생겼다. 무례한 행동을 하는 사람들은 본인이 원하는 것을 알지 못하거나, 해소하지 못하거나, 적극적으로 선택하며 살아갈 자신이 없는 경우가 많다는 것을. 다름을 받아들일 마음도, 달라질 용기도 부족하다는 것을. 상대의 꼬인 마음과 상황까지 내가 어떻게 풀어줄 수 있을까. 그러니까 그들의 불만을 모두 귀담아 들을 필요가 없고, 일일이 대응할 필요는 더더욱 없다. 내가 통제할 것과 아닌 것을 구분하는 것만으로도 많은 감정을 아낄 수 있다.

***

더글러스 케네디 작가의 《모두를 위한 오로르》에도 여러 괴롭힘과 사이버불링에 관한 이야기가 나온다. 주인공 오로르는 말을 할 수 없지만 태블릿 PC에 자신의 생각을 적어 표현할 수 있다. 다른 사람의 생각을 읽을 수 있는 특별한 능력을 가진 오로르. 하지만 학교에서 오로르는 친구들에게 놀림과 공격을 받는다. 아이들은 본인들과 다른 방식으로도 생각을 잘 표현하는 오로르가 왠지 못마땅해서 잘난 척하지 말라고 으름장을 놓는다. 오로르가 이에 대한 고민을 털어놓자 그를 아끼는 사람들이 이렇게 말한다.

"나와 다른 생각을 가진 사람들을 괴롭히는 심리의 기저에는 불안이 있어."

'그들은 같은 무리 안에 있어야 안정감을 느끼는 사람들이니 오로르는 당황하거나 신경 쓰지 말고 자신의 모습대로 살아가면 된다'고 말이다. 오로르의 선생님도 말한다. '누군가를 괴롭히는 일이 나쁜 이유는 오로르가 지금 고민하는 것처럼 괴롭힘당한 사람이 자신의 생각을 표현하는 걸 두려워하게 만들기 때문'이라고. 한편 오로르의 엄마는 다르다는 것은 곧 창의적인 것이라고 말한다.

"세상을 다른 방식으로 보는 건 창의적이라는 신호야. 예술가라는 신호지. 창의적이지 못한 사람은 창의적인 사람을 질투할 때가 많아."

미디어에 나오는 직업을 가진 사람들은 이런 상황에 더욱 자주 노출된다. 배우 플로렌스 퓨의 사례가 무척 인상적으로 다가왔는데, 영화 〈작은 아씨들〉과 〈블랙 위도우〉를 보고 플로렌스 퓨를 좋아하게 되어 가벼운 덕질을 하던 중 나는 그의 팬들이 만들어놓은 블로그에서 흥미로운 이야기를 발견했다. 그에겐 21살 연상의 남자친구가 있는데 애인의 생일을 축하하는 포스팅을 올렸을 때 수많은 악플이 달렸다고 한다. 왜 연상의 남자를 만나느냐, 이해할 수 없다, 등등. 300만 명가량의 팔로우가 있는 그가 어떻게 대처했을까.

그는 얼마 뒤 셀프로 찍은 영상 하나를 올렸고 내용은 다음과 같았다. 고민하다 이 영상을 올린다는 말로 시작하며 여러분 몇몇은 이유 없이 사람을 괴롭힌다고 말했다. 내가 누구를 사랑해야 하는지 누구를 사랑해서는 안 되는지 나에게 말해줄 필요가 없다고. 그를 괴롭히는 건 곧 나를 괴롭히는 것이니 그런 팔로워들은 필요 없다고,

사이버불링이 언제부터 트렌디하게 된 건지 모르겠다고 말이다. 이리도 속 시원할 수 있을까. 그의 말마따나, 그런 진상 고객은, 그런 무례한 사람은, 그런 팔로우는 필요 없다. 무례하게 간섭할 권리가 그들에겐 없다.

***

주변에서 시기하거나 흠집을 내려는 사람들이 많아서 '나라면 속상해서 잠도 안 오겠다' 싶은 사람에게 물었다. 어떻게 마음을 컨트롤 하느냐고. 그가 대답했다.

"상대가 나를 어떻게 생각하거나 행동하건, 그럴수록 '나는 더 압도적으로 잘될 거야'라고 생각해요."

맞다. 누가 뭐라 하든 내 갈 길을 독보적으로 가는 것, 가장 우아하게 한방 먹이는 방법이 아닐까 싶다.

누군가가 자꾸 신경 쓰일 때

＊

"역설적이게도, 미워하는 마음이 드는 사람은
극적으로 친해질 수 있는 사람이기도 하다."

¶

학창 시절에 나를 이유 없이 괴롭히는 친구가 있었다.
왜 이유가 없느냐고 말할 수 있느냐면, 어느 날부터 나에
대해 험담을 하고 다니기에 대체 이유가 뭐냐고 물었지
만 본인도 모른다고 했기 때문이다. 나를 신경 쓰고 싶지
않은데 그렇지 못하는 본인이 오히려 너무 괴롭다고 하
소연을 했다. 수업 시간에 선생님이 질문을 하라거나 생

각을 발표할 사람을 찾을 때 나는 하고 싶은 말이 있으면 손을 들고 이야기를 곧잘 하는 편이었는데, 그런 모습도 못마땅했던 것 같다. 험담 중에 그 이야기도 있었으니까.

내가 무엇을 하는지 일거수일투족을 지켜보면서 집착하기에 제발 각자 제 갈 길 가자고 했지만 그 친구의 행동은 졸업할 때까지 이어졌다. 내가 누구와 웃으며 대화를 하면 그 친구에게 다가가 어떻게든 험담을 했다. 나에게 간섭하지 않겠다는 약속을 담은 이메일을 몇 번이나 보내기도 했지만 번번이 실패했었다. 내가 움츠러들고 친구들에게서 소외되길 바랐겠지만 오히려 그럴수록 나는 '그러거나 말거나' 하는 태도를 보였기에 계속 분개했던 것 같다. 물론 겉으론 아무렇지 않은 척 했지만 그 친구의 얼굴이 보이거나 눈이 마주칠 때면 마음이 너무 힘들었다.

그때는 이해하지 못했었다. 피해를 보는 건 나인데 왜 본인이 괴롭다고 되레 하소연을 하는지. 심지어 같은 반도 아니었으니 싫으면 나를 안 보면 될 것 아닌가. 한참의 시간이 지나 나 또한 누군가가 신경 쓰이는 마음을 갖게 됐을 때 그 심리를 짐작해볼 수 있었다. 누군가가 신경이 쓰일 땐 질투하는 마음일 때도 있었고 용납하기 힘든 사람에 대한 분노인 경우도 있었다.

그때마다 내가 스스로 되뇌는 건 그의 인생은 그의 인생, 내 인생은 내 인생이라는 사실이다. 누군가의 기쁨과 슬픔과 행복과 좌절에 내가 무슨 지분을 행사할 수 있을까. 바로 잡을 게 있다면 법이나 조직의 규율대로 하고, 안 듣고 안 보고 안 엮이도록 최대한의 거리를 두는 것이 최선이다. 자꾸 부딪힐 수밖에 없는 상황이거나 몽글몽글 생각이 난다면 나는 애초에 그 사람을 모르는 사람이었다, 상상한다. 무관해지면 무관한 마음을 가질 수 있으니까.

물론 결심한 만큼 컨트롤되지 않는 마음을 혼자 안고만 있기는 힘들다. 한 번은 털어놓아야 상황에 대해 객관적인 해석이 가능하거나 감정의 해소가 되기도 하니까 말이다. 누구에게도 말하지 못한 고민을 끙끙 앓고 있다가 멘토처럼 여기는 한 작가님에게 이런 마음을 어떻게 다스려야 하나 고민 상담을 한 적이 있다. 작가님은 내게도 닦는 것만이 전부가 아니라고 말해주었다. 그 말이 위안이 됐다. 미워하는 마음도, 다스리기 힘들어하는 마음도 부끄러웠는데, 안전한 상대와 이야기를 나누고 나니 고민의 무게가 수증기처럼 가벼워지는 걸 느꼈다.

직장 동료에 관해 마음을 털어놓을 땐 최대한 회사 밖의, 관계가 겹치지 않는 안전지대에서 하는 것이 좋다. 직장 내에서 관계라는 것이 어떻게 변할지 알 수 없기 때문이다. 좁고 좁은 조직에서 얽히고설키는 인간관계는 수십 번 변한다. 절대 극복하기 힘든 갈등이라 생각했는데 갑자기 눈 녹듯 사라지기도 하고, 절친했던 사이가 말 한마디 나누지 않는 냉담한 관계로 변하기도 하니까. 나 또한 적에서 동지가 되고 동지가 적이 되기도 하는 것을 경험했다.

역설적으로, 미워하는 마음이 드는 사람은 조금만 이해하고 가까워지면 극적으로 친해질 수 있는 사람이기도 하다. 애초에 공통분모나 공통 관심사가 있지 않으면 신경 쓰일 일도 없다. 나는 가끔 달리기를 하다가 미웠던 누군가가 이해되는 순간이 찾아오곤 하는데, 부정적인 마음이 사라지면서 그 사람을 끌어안고 싶어진다. 내가 먼저 손을 내민 날도 있었고 반대로 누군가가 먼저 손을 내민 날도 있었다. 거리가 좁아지고 마음이 가까이 맞닿게 되면 알게 된다. 여러 오해와 사연이 있었지만 우리는 본래 친해질 수 있는 사이였다는 것을.

무엇이 아직도 존재하며,
무엇이 더 사라져야 하나

"누군가가 '처음'이 된 다음에는 점점 자연스러운 일로
정착되고, 당연하게 바뀌어간다."

지금은 말도 안 된다고 여겨지지만, 수십 년 전에 여
자 아나운서들은 결혼을 하면 회사를 그만두는 게 당연
했다고 한다. '결혼을 했는데 왜 계속 회사를 다녀? 남
편이 벌이가 시원찮아?' 하는 편견들이 있던 시절이었
고, 기혼 여성 아나운서는 덜 매력적이다 하는 구시대적
인식 때문이었다. 그래서인지 내가 다닌 방송국에서도

2013년도에야 여자 아나운서로서 첫 정년을 맞은 선배가 나왔고, 2018년이 되어 첫 여자 아나운서 국장이 선임되었다. 누군가가 최초, 처음이 된 다음에는 점점 자연스러운 일로 받아들여지고, 당연하게 정착되어간다.

조직의 문화는 개인의 인식보다 대개 두세 박자 늦게 반영되는 듯하다. 문제의식이 구성원들 사이에서 공유되고 있더라도 조직 차원에선 따라가지 못할 때가 많은데, 이것이 극적으로 바뀌는 계기가 있다. 주로 공적인 자리에서 공론화되어 이슈가 수면 위로 드러났을 때나, 혹은 누군가가 신선한 행보를 일으켜서 이후 변화를 거부하는 사람이 되레 이상하게 보이는 분위기가 형성될 때다.

내가 처음 직장생활을 시작했을 때와 비교하면 물론 사라진 관습들도 많다. 단체 회식은 간소화되고, 술을 강권하는 분위기도 거의 자취를 감췄다. 퇴근 이후에 업무적인 연락을 하는 것이 민폐라는 여론이 생겼고, 성희롱과 성추행에 대한 인식도 높아졌다. 최근에 내가 일터에서 만나는 많은 사람들은 연차를 가리지 않고, 숟가락부터 해서 커피까지, 제 것은 각자 챙기는 것이 맞는다는 인식을 갖고 있다. 하지만 여전히 뿌리 깊게 존재하는 고정관념과 관행 또한 무수히 열거할 수 있다.

개선되거나 사라져야 할 사회, 직장 내 관습들이 무엇인가에 대해 묻는 질문에 수많은 열변이 쏟아졌다. 여전히 점심식사를 꼭 같이 하려는 상사 때문에 고민하는 경우가 많았고, 친목에 적극적이지 않은 경우 탐탁지 않게 생각하는 동료들 때문에 스트레스라고도 했다. 눈치를 챙기면서 매일 괴로워할 것인가, 잠시 눈치를 견디고 개인의 자유를 획득할 것인가. 이 사이에서 고민하지 않는 직장인이 있을까. 장기적으로 본다면 '원래 저런 취향을 가진 사람이지'라는 이미지를 주는 게 유리하다. 처음엔 독특하다, 개인주의다, 눈치 없다 하는 험담을 들을 순 있지만 그런 성향의 사람으로 인식이 굳어지면 오히려 유리한 스탠스에 오르기 때문이다. 아이러니하게도 단체생활에 늘 충실하다가 뜸해지면 변했다는 이야기를 듣지만 기대치가 그다지 없는 사람은 반겨주는 분위기가 생긴다.

개인주의적 성향을 드러냈을 때 인사고과상 불이익을 받게 되어 견디지 못하고 퇴사했다는 이야기도 들을 수 있었다. 나는 어떤 사람들에게 둘러싸여 일하는가. 다름을 성숙하게 받아들여주는 곳인가. 배척하거나 침묵하기보다, 치열하게 부딪히더라도 대화나 양방향 소통이 가능한 곳이라면 그래도 개선을 기대해볼 수 있는 조직일 것이다.

***

그리고, 우리는 아직도 나눠야 할 게 많다.

"늦게까지 저녁 자리에 있으면 남편은? 남편이 이해 많이 해주네? 하는 이야기를 해요. 그런 질문을 남자들도 받는 건지 모르겠네요. 아내가 이해 많이 해주네? 하는 말을 똑같이 하는 사람이라면 오해해서 미안해요."

"여성에 대한 평가는 경각심을 갖고 조금씩 나아지고 있지만, 선천적으로 왜소한 체형의 남성에 대해선 그렇지 못한 것 같아요. 그 남성의 노력이 부족해서가 아닌데도, '왜 이리 말랐느냐. 관리, 운동 좀 해라' 하는 말을 많이 들어요. 40, 50대 상사들이 그런 언급을 많이 하더라고요. 과체중인 사람에게 살을 빼라는 말은 조심스러워하면서. 왜소한 사람에게 살 좀 쪄라 말하는 것에 대해서는 아직 공론화가 덜 된 것 같아요. 어떤 평가든 조심해야 하지 않을까요."

"건축업에서 일하는데, 제가 전화를 받으면 '아가씨, 사장님 바꾸라'는 이야기를 해요. 제가 사장인데. 매장으로 찾아왔을 때도 저를 직원으로 자연스럽게 생각하는 분들이 꽤 있어요. 가끔은 제가 사장이라고 밝히기도 하지만 그냥 직원인 척 넘어가는 경우도 많아요."

"상사가 집을 전세로 사느냐, 자가로 사느냐 묻더라고요. 어떻게 그런 개인적인 질문을 이렇게 여럿이 있는 공간에서 물을 수 있는지. 그 질문은 소위 '아버지 뭐 하시냐' 물어보는 것과 같은 것 아닌가요?"

"계약직으로 단기간 근무하던 때가 있었는데 이걸 끝내고 핀란드로 돌아갈 거라고 말했더니 '핀란드에 남자친구 있나 보네' 넘겨짚더라고요. 그래서 업무 관련 사항이 아니니 불필요한 이야기는 삼가달라고 말했어요. 서로에게 관심 가져주는 건 좋지만 굳이 물어보지 않아야 할 것들은 구분했으면 좋겠어요."

프로의 세계에서 배운 것

4

노련함에 대해

"해야 할 말을 하는 것보다,
하지 않아야 할 말을 아는 것이 더 중요하다."

카메라 렌즈 너머에 사람이 있다

✳

"우리가 언제든 만날 수 있는 존재라는
사실을 잊지 않는다면?"

'왜 이리 아픈 사람이 많지.' 아침 방송을 마친 후 반차
를 내고 오전 11시에 삼성병원에 도착했다. 이른 시간부터
너무 많은 사람들이 병원에 있는 것을 보고 약간 충격을
받은 상태였다. 정신을 차리지 못하고 있다가 화장실 앞에
서 마주친 엄마를 순간 지나칠 뻔했다. 몇 년 전 함께한 여
행에서 산, 엉덩이를 덮는 긴 남색 조끼를 보고 엄마인 줄

알아챘다. 엄마는 며칠 새 살이 쏙 빠져 평소보다 몸이 작아 보였다. 미간 주름도 며칠 전보다 깊어져 있었다.

오빠도 휴가를 내고 병원에 왔다. 우리가 함께 병원에 모인 데는 엄마의 중요한 검진 결과를 듣는 날이었기 때문이다. "그래도 아들, 딸이 있으니 든든하네." 말과 달리 엄마는 여전히 불안해 보였다. 나는 괜찮을 거라며, 엄마에게 슬쩍 여행을 제안했다. 여행을 생각하면 기운이 도는 건 엄마도 나도 매한가지였다. 병원 대기실 의자에 앉아 곧바로 제주도행 티켓을 알아보는데, 호출 현황판에 엄마 이름이 떴다. "아나운서 딸 기억하시죠?" 엄마가 물었고, 교수님은 "알죠" 하고 웃으셨다.

몇 년 전 엄마 수술을 성공적으로 집도해준 교수님에게 나는 진심을 담아 감사의 편지를 썼었다. 수술은 성공적이었지만 이후 엄마는 주기적으로 검진을 받아야 했다. 그런데 이번에 종합검진을 하면서 면밀히 보라는 소견이 있었다. 걱정하는 얼굴들을 향해 교수님은 왜 걱정이냐고 이상 없다고 명쾌하게 말씀해주셨다. 엄마는 세상을 다시 얻은 것 같다며 그제야 환하게 웃으셨다.

병원에 오면 다른 어떤 곳에서보다 강렬한 생의 의지를 느낀다. 어딘가에선 마음이 무너지고 어딘가에선 다시 희망을 붙잡는 일이 동시다발적으로 일어나는 곳. 한마디 말에 생의 경계를 넘나드는 곳에서, 인생을 다시 돌아보게 된다.

＊＊＊

병원을 방문한 다음 날, 메이크업을 받으면서 어제 병원에 너무 많은 사람이 있어 놀랐다는 이야기를 했다. 그 말을 듣던 메이크업 아티스트 지윤 씨가 말을 이어나갔다. "맞아요." 지윤 씨 아버지는 몇 달간 암 투병을 하다가 돌아가셨다. 아버지가 병원에 계실 땐 그래서 매일 보던 프로그램이 달리 보였다고 했다. 병원 로비 TV에서 종종 암 관련 이야기가 나왔는데, 이때 출연진들이 웃으면서 이야기하는 장면들이 야속하게 느껴지고 너무 싫었다는 것이다.

방송에선 해야 할 말을 하는 것보다 하지 않아야 할 말을 아는 것이 더 중요하다. 누군가가 이 말로 상처를 받지는 않을지, 이 표현으로 불편해지지 않을지 떠올려보는 것이다. 어디 방송뿐일까. 흔한 정치인의 말실수, 기업 면접 과정에서 지원자에게 차별적인 질문을 해서 불거지는 논란들, 광고 속의 부적절한 표현, 택배기사나 식당 종업원 등에게 하는 막말논란의 뿌리는 결국 하나다. 무감각해졌기 때문이다. 나 아닌 다른 이의 삶에 무뎌졌기 때문이다.

***

5월 21일은 부부의 날이다. 이날을 공휴일만큼 잘 아는 이유는 매년 그 시기에 하는 특집방송 때문이다. 언젠가는 치매에 걸린 할머니와, 그런 할머니를 극진하게 돌보는 할아버지의 이야기가 소개되었다. 다른 사람들에겐 불같이 화를 내는 할머니지만 할아버지에게는 달랐다. 오직 할아버지가 주는 밥을 먹고 할아버지가 머리를 빗기도록 허락했다. 하지만 안타깝게도 간병을 하던 할아버지는 정작 본인이 아프다는 건 알아채지 못했고 병세가 악화되어 할머니를 남겨둔 채 먼저 세상을 떠나고 말았다. 할머니는 이 사실을 여전히 알지 못한 채 할아버지가 언제 오나 기다리는 슬픈 사연이었다.

할아버지 할머니 생각이 나고 또 우리 엄마 아빠 생각이 나서, 마음을 다잡으려 했지만 방송 클로징 멘트를 제대로 하지 못할 만큼 눈물이 후루룩 떨어지고 말았다. 엄연히 방송사고였다. 시청자는 울더라도 진행자는 울면 안 되는 건데. 신경이 쓰여 방송이 끝나고 시청자 게시판을 살펴보았다. 간간이 의견이 올라오는 게시판에 한 시청자가 오늘 방송에 대한 이야기를 남긴 글이 보였다. 그는 내가 울 때 아내와 함께 울었다며 부부의 날에 이런 방송을 볼 수 있게 해주어 고맙다는 마음을 남겨주었다.

그날 저녁 신사동에서 저녁 약속이 있었다. 와인 한잔을 걸치고 대리기사님을 부르니 얼마 지나지 않아 전동킥보드를 탄 대리기사님이 도착했다, 차키를 넘겨드리고 자리에 앉는데 기사님이 슬쩍 물어왔다. "혹시 임현주 아나운서 아니신가요?" 그는 매일 내가 진행하는 아침 방송을 본다고 했다. 그러면서 오늘 아침 방송이 너무 감동적이었다고, 아내와 함께 우리도 꼭 저렇게 함께 나이 들자 다짐했다는 것이다. "오죽했으면 제가 난생 처음으로 시청자 게시판에 글도 남겼겠어요."

아니, 그러니까 내가 아까 시청자 게시판에서 본 글 쓴이가 여기 대리기사님이란 말이잖아! 어플을 다시 켜서 기사님 정보를 보니 시청자 게시판에 적혀 있던 이름과 동일했다. 많고 많은 대리기사님 중에 어떻게 오늘 우리가 만나게 됐을까. 강변북로를 타고 집에 가는 내내 쉴 새 없이 이야기를 나누었다. 무척 부지런히, 그리고 열심히 살아가는 분이셨다. 집 앞에 도착해 무어라도 드릴게 없을까 생각하다, 뒷좌석에 엊그제 산 새 책 한 권이 눈에 띄었다. 기사님에게 고맙다는 말을 거듭하면서 책을 선물했다.

무엇이 고마웠는가 하면, 내가 일할 때의 마음을 잊지 않게 해주셨기 때문이다.

카메라 렌즈 너머에 사람이 있다는 것.
직접 눈을 마주치거나 대화를 할 수 없지만 교감하고 있다는 것.

언제든 만날 수 있는 존재라는 것.

그러니까 어디에서나 예의와 존중을 잊지 말라는 것

말이다.

'무심함'의 매력

¶

"무대 위에서 정답은 없어, 네가 생각하는 게 옳아."

방송국에서 누누이 들었던 이야기가 있다. '방송은 결국 그 사람을 보여주는 것이고, 좋은 사람이 되어야 진짜 좋은 방송을 할 수 있다'는 말. 이에 전적으로 동의했던 시기가 있었다. 하지만 시간이 흐르면서 그 말은 절반은 맞고 절반은 틀리다 생각하게 되었다. 아나운서국에서 평판이 좋은 사람이 방송에서 꼭 매력적이지만도 않앉고, 국에서는 다들 혀를 내두르지만 방송에서는 매력적으로 비추어지는 사람이 있기 때문이다.

좋은 사람이 좋은 방송을 한다는 말은 돌발적인 상황에서 무의식중에 드러날 수 있는 실수의 위험성이 적고, 함께 일하는 직장 동료로서 그런 점을 높이 평가하는 측면이기도 했다. 물론 인성과 실력까지 두루 갖춘다면 두말할 나위 없이 베스트다. 하지만 인성 좋다는 이야기를 듣는 데 과도하게 신경을 쓰는 나머지, 실전에서 리더십 있게 끌어나가야 하는 상황에서도 양보하거나 눈치를 본다면 주객이 전도될 수 있다. 아무리 사람이 좋아도 방송을 믿고 맡길 수 있다는 확신이 들지 않는다면 그저 '좋은 동료'로만 남고 마는 것이다.

"뉴스를 잘 하려면 싸가지가 없는 것도 필요해."

표현이 다소 과격하게 보일 순 있지만 오랫동안 앵커를 했던 선배의 말에 동감했다. 선배가 그러했듯, 시청자에게 매력적으로 다가가는 앵커를 떠올려보면 공통적으

154

로 말과 눈빛에 자기 확신이 있었다. 일에서만큼은 누구나 자신들 무대 위의 앵커가 된다. 앵커에게 자기 강단이 필요하듯, 일터에서도 자신감이 필요하다. 많은 일들이 되게 하는데, 자신감이 8할이다. 다른 한 선배는 이렇게 말했었다.

"무대 위에서 정답은 없어. 네가 생각하는 게 옳아."

그 말을 들었을 당시 나는 아직 갈 길이 멀다는 것을 알았다. 과거엔 뉴스를 진행하면서 자신감이 부족했다. 혹여 실수하지 않을까, 틀리지 않을까, 더 힘을 주어 말해도 될 순간에도 살얼음을 걷듯 조심스러웠다. 그 틀을 조금씩 깨고 나왔을 때 눈빛에 자신감이 생겼고, 목소리에 힘이 붙었다.

진행 단계에선 여러 의견들을 들으며 철저히 준비하고 예의를 갖추는 것이 중요하지만 무대 위에 올라서는 내가 최고라는, 내가 정답이라는 마음으로 일해야 한다. 결정적인 순간에도 '이게 맞을까' '괜찮을까' 전전긍긍하

면 스스로 몰입하기도, 상대에게 감동을 주기도 요원해
진다. 이런저런 눈치를 보다간 최고의 퍼포먼스를 낼 수
없다.

***

언젠가 도쿄로 혼자 여행을 갔을 때였다. 여행을 떠나
기 전 친구에게 그림 노트와 펜을 선물 받아서 카페에 앉
아 하얀 노트를 펼쳤는데, 이게 웬일, 한동안 아무 그림도
그릴 수가 없었다. 하얀 종이를 보자 틀려버릴 것 같다는
생각이 들었기 때문이다. 그림을 그리다가 틀리거나 마
음에 들지 않으면 그냥 종이 한 장 쓱 찢어버리면 되는 건
데, 과감히 선을 긋지 못하고 소심하게 끄적이다 결국 노
트를 덮어버렸다. 왜 이리 걱정이 많은 인간이 된 걸까.
사회생활에 적응해나갈수록 자유롭게 그림 한 점 못 그
리는 사람이 된 것 같았다.

소심해져버린 마음을 달래려 도쿄 곳곳을 거니는데
골목의 카페들이 강렬한 인상을 줬다. 도무지 돈을 벌려
거나 손님을 끌어들일 의욕이 없어 보이는 밋밋한 외관,

여기가 뭐 하는 곳인지 보여주지 않는 작은 간판, 눈치 보지 않고 취향대로 꾸민 주인의 강단. 그런 무심함이 오히려 눈길을 끌었다. 그날 메모장에 이렇게 적었다.

'무심함이 매력이 된다.'

***

자우림 공연에 갔던 날이었다. 무대 위 자우림의 매력은 대단했다. 왜 이제야 직관을 했을까 싶게 압도적이었다. 공연 중간에 멤버 중 한 분이 이런 이야기를 했다.

"저희가 처음 모인 건 서로 추구하는 음악이 같아서였어요. 우리가 좋아하는 걸 하자고 다짐했고요. 사실 그렇게 가장 쉬운 방법으로 좋아서 한 음악이, 그 무심함이, 지금 다른 이들의 마음을 울리는 게 신기해요."

좋아하는 것을 좋아하는 대로 하는 것. 그게 가장 쉬

운 길이라 말하는 것. 이래서 자우림이 롱런을 하는구나 단번에 이해했다. 좋아하는 것을 좋아하는 대로 하는 건 결코 쉬운 일이 아니다. 특히 보는 눈이 많아질수록 다수의 판단과 취향 속에서 본래 내가 가려 하던 길을 고수하기가 점점 어렵게 느껴진다. SNS에 게시물 하나 올릴 때도 팔로워의 반응을 생각하기 마련이니까. 자우림이 15장의 앨범에 170곡 넘는 곡을 발표하고 또 많은 히트곡을 낼 수 있었던 데는 대중성에 대한 의심을 걷어내고 무심하게 마이웨이 한 덕이 아닐까 생각한다.

***

언젠가 잡지 촬영을 하는 날이었다. 이런저런 포즈를 취하려 애쓰는 나를 보고 숱한 촬영 현장을 경험한 에디터님이 방향성을 알려주었다.

"무심하게요. 무심하게 포즈를 취하는 게 아니라 진짜 '툭' 힘을 빼면 돼요."

시크한 포즈의 콘셉트라고 해서 나는 또 무심한 '척' 연기를 하고 있었다. 그 말을 듣고 나니 진짜 몸에서 힘을 툭 뺄 수 있었다. 그러자 힘이 들어가지 않은, 자연스러운 모습이 나왔다. 이것이다. 그러니까 '척'이 아니라 '툭'인 것이다.

'오늘'을 포기하지 않는 것의 가치

✳

¶

"작은 증명이 모여 성장한 사람은 탄탄하다.
온몸 구석구석 쓰러지지 않을 힘이
단단히 근육처럼 자리 잡고 있다."

아나운서 시험 최종 단계에서 몇 차례 떨어지고 나서 앞으로 더 이상의 기회가 없을 것처럼 느껴지던 때가 있었다. 마지막 시험이라 생각했던 KBS 공채에서 최종 불합격 통보를 받은 날, 욕조에 뜨거운 물을 틀어놓고 한동안 웅크려 앉아 있었다. 앞으로 뭘 해야 할까, 내가 할 수 있는 건 다 한 것 같은데 이제 정말 다른 길을 찾아야 하는 걸까….

　노력은 우리를 자주 배신하는 것처럼 보인다. 좋은 성과를 기대했지만 결과가 그에 미치지 못할 땐 인정이 되지 않아 뭐가 부족했을까 하는 자책과 원망으로 이어진다. 서운한 마음, 실망하는 마음이 밀려온다. '열심히 해봐야 뭐 하나, 세상이 알아주지도 않는데.'

　얼마 뒤 종편 방송국이 개국한다는 뉴스가 들려왔다. '종합편성채널'이란 이름부터 낯설었고 이에 대한 의견도 분분했던 때였다. 이전까진 죽을힘을 다해 합격할 거라는 각오로 시험에 임했지만 이번엔 반신반의하는 마음 때문이었는지 몰라도 '뭐 되겠어' 하는 마음이 컸다. 오히려 마음을 비우고 본 시험에서 합격했다. 개국하는 방송국의 1기 아나운서가 된 것이다. 방송국이 만들어지는 과정을 지켜보고 함께할 수 있었던 시간은 돌이켜보면 두 번 다시없을 특별한 경험이자 행운이었다. 몇 달 뒤, 2011년 12월 1일. 방송국 채널이 첫 전파를 타는 순간에 나는 개국 뉴스를 진행했다.

　그리고 2011년 12월 19일. 낮 뉴스를 진행하고 있는

데 인이어를 통해 피디 선배의 다급한 목소리가 들려왔다. "현주 씨, 지금 속보가 들어왔는데, 잠시만요, 얼른 내용 전해줄게요."

이전에 지역사에서 여러 방송들을 조금씩 경험하긴 했지만 속보를 진행하는 건 처음이었다. 속보에 관해 내가 아는 건 아나운서 시험을 대비하며 속보 상황을 상상하고 연습해본 게 전부였다. 하지만 지금은 실제상황, 신경이 바짝 곤두섰다. 잠시 뒤 스태프가 건네준 쪽지에는 '김정일 사망, 지난 17일 사망 추정'이라는 짧은 메모만 쓰여 있었다. 그 외에는 정해진 것도, 준비된 질문도 없었다. 피디 선배는 다시 인이어를 통해 "현주 씨, 지금 스튜디오에 곧 기자가 들어갈 텐데, 그냥 현주 씨가 궁금한 것 질문해요"라고 말했다. 얼떨결에 나는 중대한 업무를 맡게 됐다. 밑천이 드러날 위기일지, 혹은 내공을 보여줄 기회일지 나도 알 수 없었다.

'지금 TV를 보는 시청자들이 무엇을 궁금해할까'를 떠올리며 기자에게 질문을 이어나갔다. 나보다 더 대단한 건 스튜디오에 출연한 기자였다. 막 들어온 소식인데 기자라고 얼마나 대비가 되어 있을까. 최대한 기자가 당황하지 않도록 영상이 나가는 동안 눈짓으로 '이 질문에 답변 가능하겠어요?' 물으며 오케이 사인을 주고받았다.

30분 정도 속보를 진행하고 나서야 선배 기자가 앵커로 투입되었다. 급한 불을 끄고 무대 밖으로 나오자 이제야 가슴이 쿵쾅쿵쾅 뛰었다. 함께 긴장하며 특보를 지켜보던 방송사의 선배들이 문자를 보내왔다. 신입 아나운서에게 큰 기대치가 없었기 때문인지 많은 칭찬이 쏟아졌다.

중대한 속보였음에도 신입 아나운서인 내가 진행을 할 수 있었던 데는 아직 방송국이 개국한 지 2주 남짓밖에 지나지 않아 속보에 대비해 투입될 인력이 따로 정해지지 않았기 때문이었다. 이미 체계가 잘 짜인 방송국에 있었다면 내게 기회가 오지 않았을 가능성이 높았을 것이다. 또 내가 이전에 시험을 준비하며 속보 상황을 대비해보지 않았다면 실전에서 당황하고 말았을 것이다. 그동안 TV에서 봤던 앵커의 모습, 속보가 발생했을 때 어떻게 해야 할지 연습했던 시간들을 몸이 본능적으로 기억하고 있었다. 그 시간들을 보여줄 수 있는 상황이 발생해서 동료들의 신뢰를 얻을 수 있었던 것이 기회였다는 생각이 들었다.

지금으로부터 시간을 거꾸로 되돌려, '그때 버티지 못하거나 기다리지 못하고 포기했다면 어땠을까' 하는 여러 가정들을 떠올려볼 수 있다. 타협하고 다른 길을 선택했다면 지금과는 많이 달라졌을 것이다. 어떤 길이 더 좋았을지는 알 수 없지만, 현재의 나는 균형을 잃고 방황하더라도 다시 붙들고 버텼던 시간이 있기 때문에 존재하는 것이다.

과업을 이루는 데 잘 버티는 능력을 빼놓을 수 없다. 윤여정 배우도, 아이유도, 인터뷰에서 공통적으로 본인은 단지 '운'이 좋았다고 말했었다. 그러한 겸손의 말 뒤에는, 본인들처럼 실력과 매력을 가진 사람은 많지만 보여주거나 증명할 기회를 잡지 못했다면 지금의 자리가 없었을 거란 걸 알기 때문이다. 버텼기 때문에 어느 순간 기회와 운을 만날 수 있었던 것이다.

그러니, 얼마간은 버텨야 한다. 단번에 되지 않더라도

차근차근 기회를 확장해나가는 것도 방법이다. 당장 큰 무대가 아니더라도, 내가 원하는 일에 딱 들어맞지 않더라도, 할 수 있는 일을 하며 인정을 쌓아가야 한다. 증명이 모여 성장한 사람은 탄탄하다. 어설프게 일하지 않는다. 지금의 기회를 소중하게 사용할 줄 안다. 온몸 구석구석 쓰러지지 않을 힘이 단단히 근육처럼 자리 잡고 있다. 그래서, 쉽게 무너지지 않는다.

진정성이 뭐라고 생각하세요?

❋

¶

"결국은 정공법이다. 어설픈 군더더기나 꾸밈을 빼고
담백하게, 솔직해지는 것."

운전하면서 가장 위험할 때가 '이제 내가 어느 정도
운전을 잘하는구나' 착각하는 시기에 접어들 때라고 하
지 않던가. 처음엔 시속 30킬로미터도 가슴이 두근거렸
지만 서서히 시속 100킬로미터를 달려도 무감각해지는
때가 온다.

방송도 그렇다. 처음 카메라 앞에 섰을 땐 삐져나온

머리카락 하나까지도 신경 쓰이고, 라디오부스에 들어가 마이크 앞에 있자면 숨 쉬는 것도 크게 들릴까 조심스럽지만, 시간이 지날수록 생방송이라는 감각조차 무뎌지게 된다. 편안해진다는 건 좋은 거지만 익숙해져서 상투적인 행동과 말을 하기 시작하면 위험 신호가 켜진다.

신입 교육을 받을 때였다. 선배가 우리에게 과제를 내주었는데 '봄 상춘객들이 가득한 현장'을 시청자에게 전하는 리포팅을 해보는 것이었다. 이전 직장에서 현장에 나갔던 방송경험이 어느 정도 있었기에 자신 있는 과제라 생각했다. 내 차례가 되었고 발표를 시작했다. "네, 저는 봄나들이 나온 사람들로 가득한 벚꽃놀이 현장에 나와 있습니다. 아~ 봄내음이 정말 가득하네요. 여러분 이 향기가 느껴지시나요?" 말을 마치자 선배가 물었다. "봄내음이 어떻게 가득하지요?"

순간 당황해서 질문에 제대로 답하지 못했다. 꽃이 핀 현장 리포팅을 할 때 자주 쓰고 들었던 비유라 의심해보지 않았던 표현이었다. 그런데 역으로 질문을 받고 보니, 구체적인 현장을 상상해서 나온 말이 아니라 익숙함을 그대로 끌고 와 갖다 붙인 것에 불과했다는 것을 깨달았다. '상투적인' 표현이었던 것이다.

선배가 말했다. 정말 느끼는 그대로 표현해야 한다고. 우리가 '진정성'이라는 말을 많이 쓰는데 방송에서 진정성이 무엇이라 생각하느냐고. 그때의 강렬했던 충격은 이후 방송을 하거나 글을 쓸 때 늘 생각하는 꼬리표가 됐다. 내가 정말 그렇게 생각해서 말하는 것인지, 정말 그만큼의 감정으로 느끼는 것인지 스스로에게 되묻고 조정했다.

물론 익숙하거나 상투적인 표현을 사용한다 해도 시청자에게 전달하는 데 별달리 문제가 될 게 없다. 하지만 내가 그 이상 발전하지 못한다는 게 문제였다. 더 보려 하거나 더 관찰하려 하지 않기 때문에 성장이 멈추게 된다. 의심하지 않고 쓰는 익숙한 말이나 표현은 그런 점에서 위험하다.

그렇다고 이전에 없던 묘사를 끌어오라거나 매번 새로운 언어를 써야 한다는 것은 아니다. 그것 또한 금방 한계를 느낄 수밖에 없다. 늘 새로워야 한다면 한 마디도, 한 글자도 쓸 수 없을 것이다.

결국은 정공법이다. 어설픈 군더더기나 꾸밈을 빼고 담백하게, 솔직해지는 것이다. 머리로는 알면서도 솔직해지기 힘든 이유는 발산하기 전에 걸러내고 비틀어버리기 때문이다. 내가 느끼는 것을 다른 사람도 느낄 확률이 높지만, 이 말에 상대가 얼마나 공감할까, 어떻게 느낄까, 고민하는 시간이 길어질수록 두루뭉술하게 말을 굴리게 된다. 안전한 방식을 택하다가 이도저도 아닌 애매한 색깔을 띠게 된다.

김이나 작사가의 매력적인 화법은 그런 점에서 참고할 만하다. 대부분의 사람들이 의심의 단계에서 꿀꺽 삼키고 말았을 말과 감정을 그는 시원하게 표현한다. 과거에 가졌던 콤플렉스나 난감했을 에피소드도 심각하지 않게 차분한 어조로 말하는 모습을 보면 '이래도 되는 거였어!' 하는 신선한 충격 같은 것을 느끼게 된다. 이미 너무 오랫동안 걸치고 있어서 스스로도 꽁꽁 감싸고 있는 줄 몰랐던 보호막을 훌훌 털어낼 수 있게 된다. 진정 담담하게 솔직한 태도가 멋지고 아름다운 모습이라는 걸 확인하게 하는 화법이다.

처음에 글을 쓰면서 좋은 글이란 무엇일까 깊이 고민했던 시기가 있었다. 아름다운 문장을 쓰고 싶어 애도 써봤지만 죄다 어디에서 들어보고 본 듯한 느낌에 결국 다 지워버리고 말았다. 이후에, 아름다운 수식어를 붙일 게 아니라 '어떤 생각을 하느냐'가 훨씬 중요하다는 사실을 알게 됐다. 더하고 꾸미는 것은 오히려 쉽다. 솔직해지기 위해선 우선 내 머릿속에 어떤 생각이 들어 있는지 더 자세히 들여다봐야 한다. 일단 날것 그대로 사포질 하지 않고 꺼내봐야 한다. 다듬는 건 그다음 차례다. 그것이 쉽지 않기 때문에 솔직한 이들에게 우리는 신선함과 충격을 느끼는 것이겠지. 나는 더 단순하고 거침없어지길 소망한다.

발표할 때 떨리지 않는 법이요?

"떨리는 마음을 부정적으로 느끼지 말 것"

얼마 전, 매일 선배와 함께 진행하던 아침 생방송 프로그램을 약 한 달 정도 혼자서 진행했다. 파트너 진행자인 선배가 한 달간 사회문화체험을 떠났기 때문이다. 이 프로그램을 2년 반 넘게 진행했으니 제작진도 어느 정도 나를 믿고 단독 MC를 맡겼던 것 같다. 그런데 세상에, 혼자 진행하는 첫날은 마치 첫 방송인마냥 오들오들 떨렸다.

말하는 속도는 평소보다 1.5배 빨랐고 표정도 웃는 건지 긴장한 것인지 모를 중간 어디의 얼굴을 내내 짓고 있었다. 방송이 끝나고 작가님은 평소보다 '업'된 텐션이 좋다고 에둘러 칭찬을 건네주었지만 스스로는 알고 있었다. 긴장했다는 것을. 아무리 익숙한 방송일지라도 새로운 환경이 되자 다시 처음으로 돌아간 기분을 느낀 것이다. 둘째 날이 되어서는 첫날만큼 떨리지 않았고 금요일이 되어서는 완전히 적응하게 됐다.

직업 특성상 발표할 때 긴장하지 않는 법에 대한 질문을 많이 받는데, 매일 생방송 하는 아나운서도 낯선 환경에선 어느 정도 긴장한다는 것을 알게 되었으니 조금 위안이 되지 않았을까. 익숙하지 않은 상황에선 누구라도, 프로라도 긴장할 수밖에 없다. 긴장을 더는 가장 좋은 방법은 상상과 연습으로 상황에 빨리 익숙해지는 것인데, 몇 가지 팁을 기억하면 낯선 환경에서 보다 빨리 안착할 수 있다.

첫째, 내가 느끼는 것보다 훨씬 더 천천히 말한다. 강조하고 싶은 단어나 부분에서는 느리다 싶을 만큼 또박 또박 짚어준다. 성격이나 자라온 환경이 말의 속도에 반영이 되는데 빠릿한 성격의 나는 말 속도도 빠른 편이었다. 그래서 한동안 방송을 하면서 말의 속도를 줄이는 게 생각처럼 쉽지 않았다. 그러다 '정말 이래도 되나 싶게 천천히 말해보자' 결심하고 방송을 해보았다. 모니터링을 해보니 이전보다 훨씬 여유롭고 능숙하게 보였다. 달라진 건 말 속도뿐인데 방송을 더 장악하고 있는 느낌이 들었다.

둘째, 청중들의 표정을 너무 신경 쓰지 말자. 강연을 하러 가면 나도 '나를 싫어하나?' 싶게 청중들이 무표정을 짓고 있는 경우를 본다. 그런데 막상 강연이 끝나고 나면 너무 반가워하면서 맞아주기에 이 괴리감이 무엇인가 싶었다. 경험이 쌓이면서 알았다. 사람들은 자신이 어떤 표정을 짓고 있는지 무의식중에는 알지 못한다는 것을. 화난 게 아니라 보통 듣고 있는 얼굴 표정이 그런 것이다.

셋째, 좋아하는 옷을 입자. 나는 파란색 셔츠를 입으면 그렇게 자신감이 업그레이드된다. 세련되고 시크한 프로의 느낌이 난달까. 인터뷰를 하거나 영상을 찍는 날엔 자주 파란색 셔츠를 고른다. 중요한 날에 '이날만을 위해 아껴둔 새 옷'을 처음 입는 것은 추천하지 않는다. 보기엔 멋있었는데 막상 입어보면 생각과 다르다거나 몸에 익지 않아 불편해서 신경이 쓰일 수 있기 때문이다.

넷째, 무대에 섰을 땐 초반의 기세가 매우 중요하다. 첫인상이 오래 기억되는 것처럼, 발표에서도 초반이 순조롭게 진행되면 청중에게 전체적으로 좋은 인상을 남기게 된다. 처음이 매끄러우면 스스로도 자신감이 생겨 그 리듬을 계속 따라가게 된다. 그러니 첫 도입부까지는 몸에 아주 익숙해질 만큼 숙달시키자. 아직 발표 무대에 자신이 없다면 오프닝 인사를 길게 준비하지 말자. 능숙하게 보이려 애쓰다 어설퍼질 수 있다. 차라리 깔끔하고 명료한 인사가 낫다.

다섯째, 떨리는 마음을 부정적으로 느끼지 말자. 적당한 긴장감은 무대 위에서 스스로의 집중력을 높이고, 보는 사람들에게도 활력을 준다.

여섯째, 불특정 다수에게 이야기를 쏟아내는 느낌이 아니라 구체적인 청중을 상상하고 그에게 친절하게 설명해준다는 감각으로 이야기한다. 지금 옆에 있는 책이나 신문을 펼쳐서 한번 읽어보자. 그리고 다시 두 번째로 읽을 때는 내 앞의 친구에게 이 글을 설명해준다는 느낌으로 읽어보자. 후자가 훨씬 더 전달하는 느낌이 들 것이다. 방송을 진행할 때 나도 내 앞의 누군가에게 이 소식에 대해 명료하고 친절하게 알려준다는 마음을 갖는다.

일곱째, 실수에 너무 괘념치 말자. 방송에서 '삐긋' 하는 순간엔 순간적으로 식은땀이 확 나지만 막상 모니터링을 해보면 내가 느끼는 것만큼 실수가 두드러지지 않는다는 것을 알게 된다. 스스로 느끼는 '덜컥' 하는 마음이 상대에겐 그 정도로 극적으로 보이지 않는 것이다. 실수했을 땐 잠시 1, 2초 조용히 멈춘 후에 다시 이어나가자. 실수 후에는 당황해서 꼬이기 쉬우니 말과 리듬을 더 천천히 가져가면 된다.

여덟째, 어떤 실수는 오랜 시간 자책으로 이어지기도 한다. 자책하는 마음은 다른 기억으로 극복하거나 덮을 수 있다. 나도 신경 쓰이는 실수를 한 날은 한동안 기분이 가라앉지만 다행히 매일 생방송을 하기에 다음 날이면 잊을 수 있다. 무대 위에서의 마지막 기억이 실수한 모습이라면 얼마나 괴로울까. 실수가 두려워 과거에 갇혀 있지 말자. 새로운 무대에 다시 서서 더 발전된 내 모습을 확인하자.

이 사람, 일 잘하네

✳

¶

"못 한 포대 달라고 말하는 대신
정확히 못이 53개 필요하다고 말하기"

일을 잘한다는 건 뭘까. 어떤 분야에 오래 있다 보면 내가 잘하진 못해도 보는 '눈'은 생긴다. 마찬가지로 어떤 사람이 일을 잘하는지도 알 수 있다. 다음번에 또 함께 손을 잡고 싶어지거나, 과정과 결과에서 감동을 주는 사람들을 우리는 '일잘알'이라고 부른다. 그리고 그런 사람들에게는 다음과 같은 특징들이 있다.

먼저, '일잘알'들은 큰 그림을 그리며 일한다. 언젠가 여행 프로그램을 찍었을 때의 일이다. 오전 일찍부터 시작된 촬영이 오후 늦은 시간이 되어도 더디게 진행되고 있었다. 나중에 전부 편집될 것 같은 장면까지 불필요하게 많이 찍기에 피디에게 물었다. 이 장면을 찍는 이유가 무엇이냐고. 시간은 시간대로 늘어지고 출연자인 나와 촬영하는 카메라 감독님도 힘든 상황, 짜증이 슬슬 올라왔다. 피디에게서 돌아온 대답은 '혹시 필요할지 몰라서' 였다. 지금 이 촬영이 무엇을 위해 기획된 것인지, 뭘 찍는지가 그의 머릿속에 있는 걸까 의아했고 촬영에 임하는 내 의욕도 떨어졌다.

결국 편집되리라 예상했던 대부분의 장면이 잘려나가고 방송되지 않았다. 지휘자가 큰 그림을 가지고 있지 않으면 여럿이 고생한다. 사전에 필요한 장면과 흐름을 충분히 고민했다면, 여럿의 에너지와 스트레스를 절약할 수 있었을 것이다.

봉준호 감독과 함께 촬영했던 배우 크리스 에번스가 봉감독은 머릿속에 이미 완벽한 편집본이 들어 있다는 이야기를 했다. 집을 지으면서 못 한 포대 달라는 식이 아니라 정확히 못이 53개 필요하다고 말하는 식이라는 것이다. 배우들에게도 이 장면에서 어떻게 하면 되는지에 대해 정확히 정보를 주기에, 배우는 감독을 믿고 그 장면을 위해 충실히 준비하고 최선을 다해 찍을 수 있었을 것이다.

대기업 사원인 Y님은 팀이 돌아가는 상황을 고려하지 않는 상사 때문에 매일 야근의 연속이라고 했다. 사수가 워낙 우유부단해서 일이 얼마나 어떻게 진행되는지 계산하지 않고 외부에서 요청하는 일을 계속 수락하기 때문이었다. 전체를 보는 눈도, 결단력도 없는 상사 때문에 직원들의 인내심이 바닥나고 있다고 했다.

"본인 할 일만 충실한 것으로 충분하지 않아요. 크게 보고 전체 구성을 생각하면서 해야 잘하는 겁니다."

둘째, '일잘알'들은 팀을 꾸리는 자신만의 전략이 있다. 팀을 잘 꾸리는 것은 요즘처럼 '따로 또 같이' 일하는 시대에 꼭 필요한 능력치다. 좋은 팀을 잘 짜야 하는 이유는 한 사람이 계속해서 모든 것을 다 컨트롤 하거나 커버할 수 없기 때문이다. 믿고 위임할 만한 파트너와 구성원으로 꾸려지지 않으면, 팀원들은 본인이 맡은 일에 더해서 해야 할 일들이 두세 배로 늘어난다. 신뢰할 수 없으니 다른 사람의 업무도 다시 검토하고 수정하는 악순환에 빠지는 것이다.

나도 워낙 열정적인 성향이다 보니 예전에는 어떤 일을 할 때 과정에 적극 참여하는 편이었다. '이건 이러면 어떨까요' 의견을 더하거나 중간 중간 함께 검토하면서 처음부터 마지막 완성본까지 모든 과정에 숟가락을 얹었다. 하지만 시간이 지날수록 힘에 부칠 수밖에. 처음부터 해오던 일이라 그렇게 하지 않으면 좋지 못한 결과물이 나올 것 같은 불안함이 있어 그만두기도 힘들었다. 하지만 이제는 그게 욕심이라는 것을 안다. 모든 걸 다 할 수 없다는 것을. 각자의 역할에 충실하면서 점점 더 잘 어우러지도록 개선점과 조화를 찾아가야 한다는 것을. 믿고 맡길 수 있는 팀을 만나는 것은 그래서 중요하다. 잘 만난 팀 하나가 열 팀 부럽지 않은 법이다. 이에 대해 대화에 함께 참여했던 K님은 이렇게 말했다.

> "모든 걸 다 잘할 수는 없어요. 그래서 리더는 어떤 상황에 어떤 쓸모가 있는 사람을 써야 하는지를 잘 알아야 하죠. 예를 들어 어떤 이는 반짝반짝 아이디 어는 좋은데 막상 일을 할 때 팔로우를 잘 못해요. 그 런데 그런 사람도 필요하거든요. 어떤 이는 인내심이 좋아요. 이런 여러 가지 특징과 장점이 조화가 잘 되 도록 고려해서 일하는 게 중요하다고 생각합니다."

셋째, '일잘알'들은 피드백이 빠르다. 일의 진행 상황 을 제때 공유하고, 계획에 변동이나 차질이 생겼을 땐 신 속하게 알려준다. 챙겨야 할 것들을 미리 한 번 더 체크한 다. 그런데 이런 기본적인 사항들이 잘 지켜지지 않는 경 우가 많다. '이쯤에서 한번 진행 상황을 공유해야 할 것 같은데 왜 아무 연락이 없지?' 이런 상황이 반복된다면 파트너가 일의 큰 그림을 제대로 그리고 있지 않을 가능성이 높다.

피드백이 잘 되지 않는 유형들을 꼽아보자면 다음과 같다.

1) 과정의 생략. 일의 진척 상황이나 향후 일정은 어떻게 되는지 공유하지 않아 예측불가능성을 키운다.
2) 이유의 생략. 왜 이런 결과나 판단이 나온 건지 설명을 생략해서 설득력이 떨어진다.
3) 대답의 생략. 질문에 대한 답변이 늦다. 내 메시지를 제대로 읽은 걸까 의문이 든다.

피드백을 잘하는 사람들은 요구하기 전에 상대가 무엇이 필요할지 한발 먼저 예측해서 알려준다. 그런 파트너는 전체를 잘 컨트롤 하고 있다는 믿음과 안정감을 준다.

"상대의 수고스러움을 덜어주는 사람이 함께 일하기 좋은 사람이라는 걸 배웠어요. 메일 내용을 이해하기 쉽게 항목을 나누어 쓴다든지, 고객의 니즈를 파악해서 필요한 것들을 짐작해 알려주는 일들이 별것 아닌 것 같지만 무척 중요하다는 것, 제가 배운 바예요."

이때 주의할 점이 있다. 일의 상황을 보고하거나 공유할 때 '뉘앙스'를 잘 조절해야 하는 것이다. 작은 일인데도 호들갑을 떨며 일을 키우는 경우도 있고 반대로 정말 중요한 사항인데 별것 아닌 것처럼 공유해서 제때 대비하지 못하게 하는 때도 있으니까.

넷째. 실수에 대처하는 방식이 다르다. 실수에 대처하는 방식을 보면 그 사람이 가진 내공이 확 드러난다. 우선 경험이 적은 초보는 실수를 그대로 노출하고 당황하는 경향이 있다. 아직 한 번도 생방송을 경험해보지 않았던 신입사원 시절, 나는 얼마 뒤 있을 첫 생방송 투입을 앞두고 선배에게 마지막 점검을 받고 있었다. 선배는 내게 '실전이라 생각하라'고 당부했다. 그런데 막상 큐 싸인이 떨어지자 많이 연습했던 문장인데도 버벅이는 실수를 했고 나는 부끄러운 마음에 멋쩍은 웃음을 지었다. 곧장 선배의 호통이 날아왔다. "정신 안 차려? 생방송에서도 그렇

183

게 웃을 거야?" 불같이 화를 내는데, 가슴이 철렁했다. 생방송에서 웃는 것 자체가 문제가 아니라 이런 경각심이 부족해서 혹여 웃어야 되지 않을 상황에서까지 웃게 될까, 염려되는 마음 때문이었다.

조금 더 능숙한 진행자는 실수나 방송사고가 발생했을 때 사과 멘트를 전하며 상황을 매끄럽게 수습한다. 방송의 고수는 실수조차도 맛깔나게 소화한다. 오히려 시청자와 지금 어떤 상황인가를 적당히 공유하면서 시청자도 함께 웃을 수 있는 장면을 만든다. 이 정도 수습 능력은 내공과 자신감이 없으면 불가능하다.

실수 하니까 하는 말인데 아나운서로 일하면서 어떤 방송 실수를 했는지 에피소드를 묻는 질문을 받을 때가 많다. 실수했을 땐 망했구나 싶어 좌절하지만 가끔은 오히려 망한 방송이 더 없어서 풀 만한 '썰'이 없다며 아쉬워지기도 한다. 그러니 시행착오에 대해 너무 부정적으로 생각하지 말자. 나중엔 흥미진진한 '스토리'가 될 수도 있으니. 그렇다고 일부러 실수를 만들 필요는 없고.

다섯째, 유연하게 일한다. 유럽에서 만나 함께 스냅

사진을 찍었던 작가가 있었다. 결과물이 무척 마음에 들어 이후 또다시 만나 사진 작업을 했다. 그는 나 덕분에 한 가지 팁을 알게 되었다며 고맙다고 말했다. 지난번 촬영 때 내가 그에게 옷핀을 건네면서 목깃을 눌러 고정해 달라고 부탁한 것이 인상적이었고 그것을 활용하고 있다는 것이다. "방송할 때 옷의 뒷목 부분을 이렇게 눌러 고정해서 입으면 목이 답답하지 않고 길어 보이게 나와요." 스치듯 말했던 기억이 났다. 실제 결과물을 보니 포토샵을 한 것처럼 효과가 좋아서 그다음부터 필요할 때 쓰려고 옷핀을 갖고 다닌다고 했다. 다른 분야의 팁을 본인의 영역에 가져다 쓴 알찬 예였다.

나는 그에게 처음부터 사진을 잘 찍었던 것이냐고 물었다. 그는 그렇지 않았다고 했다. 사진을 찍고 싶다는 열정 하나로 시작해서 처음엔 홍보 차원으로 무료로 사진을 찍어주었는데 무료임에도 고객들의 불만이 높았다고 했다. 고민하다 고객들에게 평이 좋은 후배를 찾아갔고, 후배는 그에게 '솔직히 이런 사진은 너무 옛날 방식'이라며 하나하나 지적을 늘어놓았다고 한다. 후배의 지적을 모두 인정하며 그럼 어떻게 해야 하는지 알려달라 자존심을 굽히고 부탁했다는 것이다. 후배의 조언을 적극 받아들였고, 이후 사진의 느낌을 완전히 바꾸어 지금의 방식이 되었다고 했다.

'일잘알'들은 유연하다. 본인이 옳다고 생각하거나 경험했던 방식만 고집하지 않는다. 뒤떨어진 방식은 버리고 가져올 것들은 여우같이 가져온다. 같이 일하는 입장에서도 유연하고 열린 자세를 가진 사람이 당연히 좋다. 이견을 말했을 때 방패로 튕겨나가듯 반박하려 애쓰는 파트너는 숨이 막힌다. 물론 자신만의 방식을 고집해서 성공적인 결과를 가져온다면 그것대로 인정할 수 있지만 그것도 아니라면 다시 함께 일할 이유는 제로로 수렴한다.

여섯째, 힘을 주어야 할 순간과, 힘을 빼야 할 때를 안다. 예능 프로그램에 출연했을 때 느낀 바, 녹화시간 내내 말이 아무리 많아도 거의 다 편집되는 사람이 있는가 하면, 조용히 있다가 필요한 순간에 반짝 나서서 임팩트 있게 끌고 가며 본 방송에서 거의 편집되지 않는 경우도 있다. 애먼 데 힘을 빼지 않고 나설 때를 잘 판단해서 나서는 사람이 진짜 고수다. 쓸데없이 말을 많이 하기보다 타이밍을 알고 본인이 꼭 필요한 순간에만 끼어드는 것이다. 낄 때 끼고 빠질 때 빠질 줄 아는, 소위 '낄낄빠빠'가 미덕인 건 직장에서건 방송에서건 똑같다.

마지막으로, 실제 마음은 어떻든지 간에 좋다 싫다 과하게 내색하지 않는다. 불쾌한 순간에도 차분함을 유지하며 대응하고, 그다지 선호하지 않는 상대방과 일할 때도 개인적인 호불호를 일단 감춘다. 또한 어떤 일을 하는데 엄청 고군분투했더라도 얼마나 애를 썼는지 필요 이상으로 드러내지 않는다. 프로의 아우라란 그런 평온한 태도에서 나오는 것이 아닐까 한다.

고유한 내 모습으로 일한다는 것

5

편안함에 대해

"축 처지는 마음을 끊어내는 나만의
작은 방식들로 무사히 하루를 보내고 나면,
지금보다 홀가분한 내일이 찾아온다.
들쑥날쑥했던 오늘은
나만 아는 비밀이 된다."

잘하고 싶어서 힘든 거야

¶

"그렇게 포기하지 않고 우리는 매일의 시간을 지나왔다.
저항감을 이겨내고, 하루의 자책을 극복하고,
하루의 스트레스를 끌어안으면서."

방송을 잘하고 싶어 부단히 노력했던 시간이 있었다.
더 잘하고 싶고 더 경험하고 싶어서, 내 모습이 성에 차지
않아 분한 날도 있었다. 그러다 또 칭찬받거나 스스로 마
음에 드는 날이면 밥을 안 먹어도 배부를 만큼 기쁘기도
했다. 요즘은 글을 쓰는 마음이 그렇다.

첫 책을 쓰면서 거울 속에 매일 조금씩 푸석해지고 늙

어가는 얼굴을 확인했다. 내 안의 뒤죽박죽인 이야기를 꺼내 글로 써내려 간다는 건 상상 이상으로 힘든 일이었다. 다른 사람들은 척척 매끈하게 책 작업을 해내는 것같이 보였는데 내가 유난히 이렇게 힘들어하는 걸까도 싶었다. 가장 큰 문제는 절대적으로 시간이 부족하다는 거였다. 직장생활을 병행하면서 글을 써야 했기에 어서 주말이 돌아오길 기다렸다. 주말이 되면 유일하게 방해받지 않고 집중해서 글을 쓸 수 있는 시간이란 생각에, 무리할 만큼 오랜 시간 앉아 작업을 했다. 시간이 아깝다며 운동도 하지 않았고, 자세는 흐트러졌고, 다음 날이면 시야가 뿌옇게 흐려지는 걸 느꼈다. 책을 완성하고 나서 몸 구석구석이 망가진 걸 알았다. 왜 무라카미 하루키가 달리기를 하는지, 이슬아 작가가 요가를 하는지 알 것 같았다. 건강하지 않으면 아무것도 할 수 없겠단 무서움을 생전 처음 실감했다.

이번에 책 작업을 하면서는 원칙을 정했다. 시간이 더 걸리더라도 무리해서 진행하지 말 것, 매일 산책이나 달리기를 할 것, 주말 중 하루는 아무 작업도 하지 않을 것.

하지만 글을 쓰는 동안 발생하는 '스트레스'는 어쩔 수 없었다. 두 번째는 더 수월할 줄 알았는데, 오히려 의심은 더 커졌고, 어떤 날은 모니터를 켜놓고 아무것도 쓸 수 없을 만큼 무력했다.

공부를 하거나 방송을 할 때는 인풋을 쏟은 만큼 아웃풋이 보이는 느낌이었다면, 글을 쓸 때는 시간이 모래알처럼 흩어지는 기분이었다. 이 책의 편집자인 허유진 에디터님이 아니었다면 중간에 포기했을지도 모른다. 감사하게도, 자꾸 미뤄지는 데드라인을 재촉하는 대신 글을 쓴다는 것이 얼마나 어렵고 힘든 과정인지 안다는 위안을 건네주어 계속 나아갈 수 있었다. 나를 믿어주는 이가 있으니 이 작업을 꼭 잘 완수하고 말겠다 다짐했다. 그렇게 포기하지 않고 매일의 시간을 지나왔다. 하루의 저항감을 이겨내고, 하루의 스트레스를 끌어안으면서.

1차 원고가 완성되자 홀가분함에 기뻤으나 그것도 잠시, 2차 탈고를 하면서는 다시 심리적 압박감이 시작됐다. 중요한 방송이나 행사가 예정되어 있을 때 며칠 전부터 속이 울렁이던 때처럼. 허투루 하고 싶지 않은 욕심과 애정이 있기 때문에 스스로를 들들 볶게 되는 것이다.

＊＊＊

이수정 교수님과 인터뷰를 했던 날이었다. 교수님과 이전에 함께 방송하며 안면이 있었지만 오며 가며 마주쳤기에 개인적으로 이야기를 나눌 기회는 없었다. 인터뷰의 좋은 점은 이렇게 깊은 이야기를 할 수 있는 멍석이 깔린다는 것이다.

교수님에게 어떻게 연구, 저작, 방송 활동 등 여러 방면에서 열심히 살아갈 수 있느냐 물었고, 교수님은 가만히 있는 시간을 잘 견디지 못하기 때문이라고 답하셨다. 누구에게나 어떤 심리적 특징이 있기 마련인데 본인에게는 그런 점이 오히려 여러 창작과 활동의 원동력이 된다는 것이다. 듣다 보니 나 역시 그런 성향이었다. 피곤함에 너덜너덜해졌다가도 쉬는 시간이 점점 길어지면 뭐라도 해야 하지 않을까 하는 불안함을 느끼는 것이다. 스스로를 기복 없이 조금 더 편안하게 만들기 위해서는 본인의 심리적 특징과 성향을 잘 파악하는 것이 중요하다고 생

193

각하게 되었다. '지금 이 불안함은 뭔가 잘못돼서 느끼는 게 아냐. 그리고 괜찮아. 가만히 쉬어도 아무 문제없어. 하지만 또 원한다면 사부작사부작 뭔가를 시작해도 괜찮아. 그게 네 활동의 동력이니까' 하고.

범죄심리학 분야에서 스스로 길을 만들어온 교수님에게 한계를 느끼거나 힘에 부치는 순간엔 어떻게 지나올 수 있었는지 여쭈었다. 잠시 생각하시더니, 10년, 20년 전엔 본인도 지금 모습을 당연히 상상하지 못했고 그저 하루를 잘 해결하고 지나가는 것이 전부였다고 말했다. 힘든 일이 있을 땐 그것을 무사히 잘 넘기고, 그렇게 또 하루하루를 보낸 시간이 쌓여 지금이 되었다고. 정말 현실적인 답변이었다. 그 이상의 방법이 있을까.

무슨 일을 하든 크고 작은 스트레스가 생기는 건 피할 수 없다. 스트레스가 발생했을 때 다만 어떤 태도를 취하느냐가 다를 뿐이다. 결국 둘 중 하나다. 회피하고 포기해 버리거나, 어떤 식으로든 끌어안거나. 포기하지 않을 거라면 끌어안을 방식을 찾아야 한다. 우선 무력할 땐 잠시 그 상태를 받아들이는 시간도 필요하다. 하지만 생각이 꼬리에 꼬리를 물면서 계속 부정적으로 감정이 부풀어 오르는 건 경계해야 한다. 그럴수록 자신감과 용기는 줄어드니까. 감정에만 빠져 있지 말고, 그럼 이제 난 뭘 해야 할지, 지금 뭘 하면 기분이 좋아질지 작게 움직여보는 것이 좋다.

따뜻한 두유라떼를 마시는 것, 책상을 정리하는 것, 산책하는 것, 좋아하는 음악을 들으면서 잠시 드라이브를 다녀오는 것, 세차를 하는 것, 꽃시장에 가서 식물을 보는 것, 한가한 평일 낮에 전시회를 가는 것, 좋아하는 작가의 책을 읽는 것, 한바탕 우는 것은 축 처지는 생각과 파고드는 감정을 끊어낼 때 쓰는 나만의 작은 방법들이다. 그렇게 무사히 하루를 보내고 나면 다시 의지가 생기고 지금보다 홀가분한 내일이 찾아온다. 들쭉날쭉했던 오늘은 나만 아는 비밀이 된다.

***

"포기는 한순간이지만, 오랫동안 후회와 아쉬움이 남을 겁니다."

달리기를 하면서 어플 속 코치가 해준 말이었다. 걷는 것보다 느려도 좋으니 어쨌든 달리기를 멈추지 않는 것이 중요하다고 했다. 그러고 보면 뭐라도 써야 한다는 압박감에 내내 썼다 지웠다 시간만 보낸 날도, 딴 짓을 하면서 회피하던 날들도, 결국 잘 쓰기 위해 필요한 시간이었을 것이다. 잠시 멈추거나 걷고 있는 것처럼 보이더라도 계속 쓰기 위한 시간이었던 것이다. 꼭 해내고 싶은 일이 있다면 어떻게든 포기하지 않고 일단 완주해보는 것이 중요하다. 시간이 오래 걸려도 괜찮다. 결과물이 마음에 들지 않더라도 잘한 것이다. 하나를 완결하고 나면 보이는 것들이 생긴다. 조용한 분투 같은 시간들이 쌓여 그 다음은 더 잘할 수 있게 된다. 어제의 자책을 극복하고, 우리는 오늘도 완결을 위해 울퉁불퉁한 길을 달린다.

당신의 '톤' 찾기

¶

"단점을 보완하는 것보다 내가 가진 장점을 키워나가는 게
더 나은 길이라는 것을 이제 안다."

"현주 목소리 톤을 조금 더 낮춰보면 어떨까? 힘 있게
말해야겠다고 해서 굳이 톤을 높일 필요는 없거든." 방송
을 한 지 몇 년이 지나도 내게 꼭 맞는 편안한 목소리 톤을
찾는 것이 여전히 과제였던 때가 있었다. 어떤 날은 안정
되고 단단한 마음에 드는 소리가 나오지만 어떤 날은 톤
이 불안정하거나 발음이 뭉개지기도 했다. 그런 날은 악

197

기를 조율하는 것처럼 다시 목소리 톤을 조율해야 했다.

톤이란 목소리의 높고 낮음을 의미하기도 하고, 따뜻하고, 묵직하고, 싱그럽고, 신뢰감이 느껴지는 등의 색깔을 뜻하기도 한다. 사람마다 각자만의 톤이 있는데, 아나운서들은 본인의 톤과 딱 맞는 프로그램을 찾았을 때 더 빛을 발한다. 심야 라디오에 제격인 약간의 나른함이 느껴지는 목소리, 아침 프로에 잘 어울리는 에너지가 담긴 목소리, 뉴스나 드라이한 낭독에 들어맞는 신뢰감이 느껴지는 목소리가 있는 것처럼. 프로그램과 목소리의 주파수가 통할 때, 말하는 이도 듣는 이도 편안함을 느끼게 된다.

'톤'을 찾는다는 건 내게 딱 들어맞는 옷스타일을 고르는 것과 같다. 다른 사람에게 백날 어울려봐야 내게 어정한 옷이면 아무 쓸모없는 것이니까. 그런데 알다시피 꼭 맞는 옷 하나를 찾는 것도 쉬운 일이 아니다. 수없이 발품을 팔고 때론 돈을 길바닥에 버리고 온 것 같은 기분도 느껴보면서 시행착오를 통해 간신히 건질 수 있다. 그렇게 잘 고른 옷은 평생을 입는다. 나의 성향이나 취향을 드러내는 시그니처가 된다. 톤은 어디에나 있다. SNS 피드에 올리는 사진 색감, 글 쓰는 방식, 뿌리는 향수의 느낌까지.

***

내가 가진 매력과 톤을 이끌어내는 데 있어 곁에 있는 제3자의 역할도 중요하다. 학창시절 잠재력을 발견해주는 선생님이 있었는지 여부에 따라. 직장에서 만나는 사수가 어떤 사람이었는지, 프로그램 피디가 누구였는지, 책을 쓸 때 어떤 편집자를 만났는지에 따라 창작자 한 명의 결과값이 완전히 달라질 수 있다. 유재석 씨에게도 과거에 자신을 싫어하고 무시하던 피디가 있었다고 했다. 그걸 느끼고 있었지만 어쩔 수 없이 모른 척하며 지냈는데, 속으로는 '다른 데 가서 스타가 되면 된다'고 생각했다는 것이다. 너무 예민해서 나에게 부정적인 영향을 주거나 칭찬보다 기를 죽이는 이야기를 자주 하는 상사나 파트너와 일할 땐 되도록 빠른 탈출이 답일 수도 있다.

***

본래 내가 가진 장점과 톤은 잘 보이지 않는 법이다. 내 옆의 누군가의 모습을 따라가거나 닮고 싶은 마음이 들기 일쑤다. 하지만 그럴 때마다 선배들이 말해주었다. 오히려 너무 다듬어서 내 색깔을 잃는 것을 경계해야 한다고. 단점을 보완하려다가 '딱히 거슬리는 건 없지만 그렇다고 열렬히 좋아할 만한 특징도 없는' 애매한 사람이 될 수 있다는 것이다.

오히려 힘을 뺐을 때 더 좋은 결과를 받았던 경험들이 있을 것이다. 용을 쓰고 준비한 시험보다 그냥 우연히 본 시험에서 덜컥 합격하는 것처럼, 파이팅 넘치게 힘주고 방송한 날보다 컨디션이 좋지 않아 차분하게 방송한 날에 더 좋은 피드백을 받기도 하는 것처럼. 목소리에 한 톤 힘을 뺐을 때, 미리 계산하지 않고 자연스럽게 나온 애드리브를 던졌을 때, 큰 기대가 없어서 내가 하고 싶은 대로 했을 때, 보다 자연스러운 내 색깔이 나오곤 한다. 그게 내가 가진 고유의 장점일 수 있다. 그 감각을 기억해야 한다.

다수에게 거슬리는 것 없이 잘 다듬어지도록 훈련하

는 것이 비극으로 가는 길일 수 있다. 제작 현장에서도 너무 다듬어진 방송인은 오히려 매력이 떨어진다. 나는 왜 열심히 하는데 평범하다는 이야기를 듣는 것인가, 혹시 고민한다면 너무 열심히 해서 역효과가 난 걸 수도 있다. 매력이란 본래 호불호를 동반하기 마련이니까 누군가에게 불호가 되는 것을 두려워하지 말자.

전방위적인 캐릭터가 되기보다 한 가지를 제대로 어필하는 것부터 공략해보자. 모두에게 인정받겠다는 마음을 지우고 더 자유로워지길 택하자. 대중성에 대한 고민은 영향력이 커지면서 해도 늦지 않다.

나도, 인생 조금 더 대충 살아야겠다.

워커홀릭이 일하는 방식

＊

¶

"어떤 일을 할 것인가, 하지 않을 것인가를
따지는 게 중요한 이유는
그 시간이 쌓여 인생의 방향성이 되기 때문이다."

나는 왜 열심히 일하는가. 식탐이 강한 사람이 있듯
나는 하고 싶은 일을 하며 빠져드는 '몰입욕'이 강하다
(물론 식탐도 있다). 어떤 일에 꽂히면 나조차도 나를 말
릴 수가 없다. 관련된 일을 어떻게든 간접적으로라도 경
험해봐야 미련을 떨쳐 보낼 수가 있다. 성장하는 일, 좋은
사람을 만나는 일, 재미있는 일, 생소한 분야지만 경험하

면 시각이 넓어질 것 같은 일이라면 하고 싶어 몸이 근질거린다. 결과적으로 수익까지 두둑이 따라온다면 좋겠지만 그게 최우선 순위는 아니다. 좋아하면 돈이 안 되어도 하지만, 돈이 되어도 안 좋아하면 못 하니까.

나는 왜 열심히 일하는가. 또 다른 이유는 불안함 때문이다. 나는 일을 못 하는 상황에 대한 불안함이 있다. 평생을 부지런히 살아온 성향이라 그런지 일이 없으면 어떻게든 만들어서라도 해야 한다. 때문에 방송국에 소속된 직장인이지만 절반은 프리랜서라는 마음으로 일한다. 방송국에서 혹여 내가 할 일이 없어졌을 때나, 회사에서 정년을 맞지 않는 상황이 왔을 때를 상상하며 독립적으로도 살아남을 수 있는 힘을 키우는 데 시간과 에너지를 쏟는다. 방송국 안과 밖의 두 바퀴를 돌리려다 보니 늘 할 일이 많다. 그래도 일이 없는 것보단 훨씬 좋다. 방송국에 속한 아나운서가 바깥 활동을 다양하게 하는 것이 몇 년 전만 해도 상상할 수 없는 일이었지만 이젠 회사에서도 아나운서의 경쟁력 차원에서 문화, 공적인 영역에서의 활동들을 허가해주고 있다.

그런데 문제는 좋아서 시작했거나 확장을 위해 시작한 일에 필요 이상으로 무리하게 된다는 데 있다. 본격 레이스에 올라타면 대충 할 수 없다. 잠을 줄이고, 정신을 바짝 차려가며 견디는 날이 많다. 물론 그만큼의 보람도 맛본다. 지칠 만할 때가 되면 성장하는 기쁨을 느낀다. 그렇게 몇 년을 지나왔지만, 결국 이 방식에 질려버리고 말았다. 새로운 일에 대한 욕심 때문에 고민하다 수락하고 나서 후회하는 경험을 몇 번이나 반복하고 나서야 이제 절대 나를 과신하지 않겠다 다짐했다. 일을 선택하는 기준, 일의 로드를 조정하는 판단이 반드시 필요하단 걸 느꼈다.

***

어떤 일을 할 것인가, 하지 않을 것인가를 따지는 게 중요한 이유는 그 시간이 쌓여 인생의 방향성이 되기 때문이다. 하루에 3시간씩 매일 주식투자에 쏟느냐, 글을 쓰는 데 쏟느냐, 운동하는 데 쓰느냐에 따라 1년 후 나의 모습과 상황들이 유의미하게 바뀔 수 있다. 그래서 나는 무엇을 할 것인가 혹은 하지 않을 것인가 유무를 따질 때 '내 인생이 어떻게 흘러가길 바라는지'를 떠올려본다.

현 시점에서 내가 일을 시작하는 기준은 다음과 같다. 우선 보람이 있는가. 이 일을 하면서 어떤 경험을 하게 될 것인가 상상해본다. 일을 통해 만나게 될 사람이든, 새롭거나 유익한 경험이든 강렬하게 끌린다면 하지 않을 이유가 없다. 다음으로 고려하는 것은 몸과 마음의 컨디션이다. 아무리 보람 있는 일일지라도 무리하게 진행해야 하는 조건이라면 거절하거나 최대한 일정을 조정해나간다. 하루 이틀 고생하는 일은 어떻게 눈 감아서 할 수 있겠지만 오랜 시간에 걸쳐 해야 하는 일이라면 보람은 잠깐이고 후유증은 오래 남으니까. 다음은 진행비. 얼마의 대가를 받을 것인가. 몇 번 해본 일에 대해선 얼마만큼의 노동력과 스트레스가 따르는지를 알기 때문에 할까 말까 하는 상황에선 심리적 손해를 보면서까지 하진 않으려 한다.

그리고 가치관을 지키는 것도 중요하다. 일단 여러 가지 경험을 해보는 것이 성장과 비례하는 시기가 있지만 어느 정도 경력이 쌓이고 나면 이젠 내 이름값에 책임을 져야 하는 시기가 찾아온다. 당장의 이익이나 호기심에 혹하지 말고 일을 골라서 제대로 잘하는 것이 롱런할 수 있는 길이다. 또 요즘엔 영상 작업이 아카이브로 남는 시대다 보니 이에 대한 권한까지 미리 논의하는 것이 좋다. 아카이브에 전체 영상을 남길 것인지, 편집본을 남길 것인지. 댓글 창을 열어둘 것인지, 편집권에 어디까지 참여할 수 있는지 등.

마지막으로 친분이 있는 사람과의 협업에도 신중을 기한다. 사적으로 친해서 일을 하면서 오히려 해야 할 말과 요구를 하지 못하는 경우가 생길 수 있다. 같은 이유로 함께 일을 하면서는 사적으로 너무 친해지는 것을 경계하고 선을 지키는 것이 좋다. 절친했던 사이에 동업을 했다가 남보다 못한 관계로 끝나는 경우가 상상 이상으로 많다. 서로에게 윈윈이 되는 관계가 아니라면 영원히 우정으로만 남는 게 낫다.

인생에 기대감이 생기는 순간

¶

"나는 어떤 순간에, 누구와 함께 있을 때 행복한가?"

내가 결혼을 한다면 그 시기는 언제일까 종종 생각한다. 파도처럼 주기적으로 쏠려오는 생각이다. 애인이 있어도 아직 결혼은 하고 싶지 않았다. 물론 어떤 때는 그냥 해도 좋겠다 싶기도 했지만, 어쩌다 보니 결국 하지 않았다.

친구들은 결혼을 한다고 해서 크게 달라지는 게 없고 오히려 든든한 내 편이 생기는 장점이 있으니 추천한다고 말했다. 물론 아이를 낳으면 많은 것들이 바뀌니까 그것에 관해선 신중해야 한다면서. 나는 결혼해서 당장 아이를 가질 계획이 있는 게 아니라면 굳이 결혼이란 제도에 들어가야 하나 싶었다. 애인 사이에 서로 누릴 수 있는 각자의 공간과 신뢰와 자유로움의 중간 거리가 좋았으니까. 결혼을 하게 되면 어쨌든 나는 더 책임감을 느끼고 내가 보호하고 지켜야 할 사람에 대해 강한 애착을 발휘할 것 같았기에 스스로에게 준비가 되었는지 계속해서 물었다. 결혼을 내 상황이나 심리적 불안정함을 제거하는 방식으로 선택하고 싶지 않았던 이유도 있다. 시간이 흐르면서 요즘엔 결혼에 대해 또 조금 다른 생각을 하게 됐지만.

정답은 없다. 일찍 결혼했어도 내가 고민했던 바가 발생하지 않았을 수도 있고, 나중에 오히려 '이 좋은 걸 더 일찍 할걸 그랬어' 후회했을지도 모른다. 다만 늘 지금 최선의 선택이라 믿는 것을 택할 뿐.

많은 여성들이 일찍부터 결혼의 시기나 유무를 고민한다. 가장 안타까운 상황은, 내가 원하는 것이 무엇인지를 묻고 탐색하기보다 여기저기에서 들려오는 이야기에 흔들리다가 스스로 더 적극 선택할 여러 기회들을 놓쳐 버리는 경우다.

"결혼을 과거에 안정을 위한 탈출구로 생각했던 적도 있어요. 하지만 돌아보면 그때 왜 그리 조급했을까 하는 후회가 생겨요. 지금은 제가 주도적으로 일을 하는 게 정말 재미있거든요. 결혼에 불안해하지 않으면서 이렇게 살 수도 있었을 텐데 말이죠."

"제가 서른두 살인데요. 20대 후반에 공부가 더 하고 싶어졌어요. 그런데 그때 내 나이가 조금 있으면 결혼도 해야 할 나이고 얼마나 더 커리어를 쌓아갈 수 있을까 하는 생각에 포기했었거든요. 그런데 2년 뒤면 이제 제가 30대 중반이잖아요. 오히려 이제 와선 100세 시대에 앞으로 일할 시간도 기회도 많은데 공부해야 하지 않을까 하는 깨달음이 왔어요. 공부하고 졸업한다고 해서 엄청 큰 기회가 오지 않을 수도 있지만 저의 만족을 위해서 결국 대학원에 진학하기로 했어요. 네 나이에 굳이 그런 걸 해야 하니, 하는 반대의 시선이 여전히 많아요. 그때도 그렇게 지나와서 후회했으니까 이젠 똑같은 실수를 반복하고 싶지 않아요."

결혼뿐 아니라 이 시기에 이걸 해야 하지 않을까, 이 기회를 놓치면 다음 기회가 올까, 하는 의심과 질문을 수없이 던지는 시기가 주기적으로 찾아온다. 직장을 선택할 때 연봉을 봐야 하는지, 나의 보람을 우선시해야 하는지, 네임밸류가 중요한지. 퇴사를 해야 할지 말아야 할지 등등. 경험자들의 이야기를 듣는 것도 도움이 되겠지만 가장 중요한 질문은 '내가 어떤 사람이고 무엇이 중요하고 어떤 인생을 살길 원하는지' 스스로에게 묻는 것이다. 답답한 마음에 누가 뚝딱 답을 내주거나 대신 결정해주었으면 하고 바라기도 하지만 결국 선택은 내가 해야 하는 것이다. '나는 어떤 순간에, 누구와 함께 있을 때 행복한가?' 이에 대한 솔직한 답을 찾아야 한다.

스스로 원하는 바를 아는 것이 결코 쉬운 과정은 아니다. 하지만 어느 날, 마음속에 무언가 희끗 고개를 내미는 때가 올 것이다. 드디어 선택을 할 수 있는 순간이다. 용기를 내자. 이제 결정하고 나면 불안하게만 느껴졌던 내일에 기대감이 생기기 시작할 것이다. 어떤 일이 생길지 알 수 없지만 그 길을 걸어가기로 했으니, 정말로 인생이 재미있어지는 순간이다.

미디어 속 '균형'에 대해

¶

"어떤 소재와 인물을 어떠한 서사로 다룰 것인가 하는
'시선'이 중요하다."

세계 여성의 날, 아침 방송의 클로징 멘트를 이렇게
말했다.

"각자의 자리에서 최선을 다하고 차별과 편견을 깨
기 위해 노력하는 모든 여성들을 응원합니다."

그날 저녁엔 각자 직업에서 맞닥뜨렸던 고정관념에 대해 이야기 나누는 시간을 가졌다. 그러다 미디어 속에 묘사되는 여성 직업의 편견에 관한 이야기로 흘러갔다.

9년 차 간호사인 T님은 어릴 적부터 간호사를 꿈꿨고 대학시절 동안에도 자부심이 강했다고 했다. 선배들을 보면서 간호사라는 직업이 매우 전문적이라 느꼈기에 강한 애정을 갖고 있었는데, 막상 현장에 나와선 깊은 우울감에 빠지게 됐다고 했다. 아무리 발버둥 쳐도 어떤 직업군의 서브 역할밖에 안 되는 걸까 하는 한계를 느꼈다면서 말이다.

전문적인 직업이라는 자부심과 달리 실제 현장에서는 간호사라는 직업이 단지 젊고, 어리고, 늘 웃는 서비스를 수행하는 역할이길 바란다고 했다. 그런 기대치에 부응하지 못할 땐 컴플레인이 들어온다고. 때문에 미디어에서 간호사가 성적 대상화 되거나 드라마나 영화에서 어리바리한 모습들로 잘못 묘사되는 장면이 나올 때면 속상하다고 토로했다. 미디어 속에서 그려지는 직업의 이미지가 현장에서 편견을 만드는 데 한 몫을 한다며, 언젠가 간호사의 전문성을 다뤄주는 사례가 나오길 꿈꾼다고 했다.

R님이 이야기를 이어나갔다. 본인도 간호사로 일하고 있는데 상담할 때 하얀 가운을 입고 업무를 보면 병동에서 감사하다는 말을 훨씬 많이 듣는다고 했다. 만약 간호사 유니폼을 입고 상담을 했다면 이 정도의 감사를 들었을까 생각하게 된다면서. 또 여자 의사가 환자에게 갔을 때는 '의사를 불러오라'며 그렇게 소리를 지른다는 것이다. 어떤 유니폼을 입은 대상이 여자일 때, 혹은 여자가 많은 집단일 때, 존중과 감사의 정도가 깎이는 현실이 여전히 존재한다고 그가 씁쓸함을 담아 말했다.

Y님은 영화 속에 등장하는 여성의 캐릭터에 대해 이야기했다. 여성의 불행은 유난히 사연이 많거나 필요 이상의 감정소모를 유발하는 듯 묘사되는 것 같다는 의문을 제기했다. 이에 관해 함께 있던 임선애 감독님의 생각을 물었다. 감독님 또한 그래서 영화 <69세>를 제작할 때 69세의 성폭력 피해자 '효정'의 불행을 전시하듯 보여주고 싶지 않았다고 말했다. 영화 속에 효정이 우는 장면이

없는 것도 그 때문이라면서. 효정은 지키고자 하는 자존심이 있었고, 그래서 효정의 표정은 담담했다. 어떤 소재와 인물을 어떠한 서사로 다룰 것인가 하는 '시선'이 중요하다고, 감독님은 그것을 '균형감'이라고 정의했다.

우리가 즐겨 보는 예능 프로그램에서도 이런 균형감이 무너질 때가 많다. 비평 프로그램 〈탐나는 tv〉를 진행하면서 평론가들의 다양한 관점을 들을 수 있었는데, 예를 들어 프로그램에서 중간에 스튜디오 화면이 나올 때 유독 슬픈 장면에선 여성 출연자들을 자주 클로즈업 하는 것도 한 예일 것이다. 예능에서 남성 출연자들은 나이가 들어서 철없는 행동을 하더라도 웃음과 털털함으로 더 자연스럽게 묘사된다. 알고 나면 그런 장면들을 이전만큼 편안하게 즐길 수 없게 된다.

여성 연예인이나 정치인에게도 다른 시선과 잣대가 존재한다. 목소리를 냈을 때 평가절하와 함께 얌전하지 못하다는, 태도에 대한 비판이 따라오곤 한다. 이런 온라인상의 다양한 백래시가 가시화될수록 여성들은 일상에서도 목소리 내는 것을 두려워하게 된다.

각자의 자리에서 영향력을 가진 주체가 되는 것이 그래서 중요하다는 생각을 한다. 제작진이 되고, 영화감독이 되고, 글을 쓰고, 진행자가 되고, 정치인이 되고, 또 어떤 영역에서 리더가 되면서, 기울어진 균형점을 서서히 바꾸어나갈 수 있을 테니. 그 시선을 바꾸는 주체, 지금 바로 당신일 수 있다.

좋아하는 일을
계속 좋아할 수 있도록

6

버티는 힘에 대해

"기왕 지나가야 할 시간이라면
기대감에 무게를 실어보는 게 좋지 않을까.
지금의 시간이 훗날 어떤 의미로
남게 되리라 믿으면서"

우리는 각자의 방식으로 비를 만나지

"지금 내게 필요한 건 이런 마음이겠구나.
꼬여버린 상황을 납득하기를, 이해하기를 멈추는 것"

퇴근을 하고 혼자 영화관에서 영화 〈러빙 빈센트〉를
본 날이었다. 영화에는 파리의 오베르가 등장했고, 나는
1년 전 혼자 프랑스로 떠났던 날들을 떠올렸다. 파리는
처음이었고 낭만 넘치는 숱한 후기들에 들떠, 나의 파리
도 그럴 것이라 의심치 않았었다. 첫눈에, 늦가을의 파리
는 아름다웠다. 블랙과 무채색의 옷으로도 멋이 흘러넘

치는 파리지앵들의 감각에 자꾸 눈길이 갔고, 테라스에 앉아 와인을 마시는 이들을 보면 슬쩍 그 안으로 비집고 들어가 함께 잔을 기울이고 싶었다. 패딩을 꽁꽁 여민 나와 달리 비가 오든 말든 밤의 풍경 속에 러닝을 하는 사람들이 무척 건강해 보였다.

그러나 그렇게 감탄했던 것도 잠시, 이내 외로워졌다. '여긴 절대 혼자 오면 안 되는 곳이야' 생각이 들었다. 어느 날은 혼자 있는 게 애석할 만큼 낭만적이었고, 어느 날은 숙소로 돌아가는 어둑한 골목이 온 신경을 예민하게 만들었다. 수시로 비가 내렸다 그치는 변덕스러운 날씨처럼 너무 행복했다가 또 너무 외로워져서 당장 돌아가는 비행기에 몸을 싣고 싶었다. 한국말이 들려오면 귀가 솔깃했지만 낯선 이와 함께 여행을 다니고 싶진 않았다. 그렇게 기다리던 여행이었는데, 이렇게 후회하는 스스로가 못마땅했다. 돈은 돈대로 쓰고, 후회는 후회대로 하고 있으니.

며칠 뒤 한국인 가이드가 있는 당일 투어를 신청해 외곽에 있는 오베르로 향했다. 버스를 타고 도착한 오베르는 조용하다는 말보다는 적막하다는 말이 어울렸고, 쓸쓸함이 감돌았다. 오베르 성당 앞에서 각자 기념사진을 한 컷씩 찍고 공터에 앉아 가이드가 준 이어폰을 낀 채 이야기를 들었다. 고흐의 이야기는 익히 알던 것도 있었고, 처음 듣는 것도 있었다.

고흐는 생전에 주목받지 못했고 마땅한 벌이도 없었다. 동생 테오는 형 고흐와 편지를 주고받으며 그를 지지하고 생활을 뒷받침했다. 하지만 결혼 후에는 고흐에게 더 이상 생활비를 줄 수 없다고 통보한다. 형을 아꼈지만 가정도 지켜야 했던 테오. 자주 광기에 사로잡혀 발작을 일으키다가도, 또 어느 날은 희망에 부풀어 올랐던 고흐. "색감이 더욱 강렬해지고 있어." 테오에게 이런 편지를 남기고 고흐는 자살한다.

우리는 고흐가 스스로 배에 총을 겨누었다는 밀밭으로 향했다. 황량한 밀밭 앞에는 고흐가 여기에서 그렸다는 '까마귀가 나는 밀밭' 표지판이 있었다. 그림의 풍경 앞에 서 있자니 고흐가 느꼈을 슬픔이 생생하게 밀려오는 듯했다. 고흐의 무덤 앞에 도달했을 땐 후루룩 눈물이 쏟아졌다. 죽음을 선택하기 전에 그는 얼마나 쓸쓸했을까, 내면의 시들지 않는 열정과 그것을 뒷받침해주지 못하는 상황들이 그를 괴롭게 했을 것이다. 끓어오르는 열정은 경이로운 결과물을 만들어내기도 하지만 때로는 너무 혼란스럽고 뜨거워서 스스로를 파괴하기도 한다. 인정받지 못하는 현실에서 이내 무너져버리는 마음은 얼마나 절망적이었을지.

＊＊＊

당시엔 나도 자주 도망가고 싶은 심정이었다. 회사에선 부당한 조치들이 자주 일어나고 있었고 지치고 아픈 동료들이 많았다. 회사는 적막했고 누군가에게 어설프게 위로를 건네는 것도 혹여 또 다른 상처를 남기진 않을지 조심스러웠다. 하지만 여러 상황들이 싫다고 당장 그만둘 수도 없었다. 생계였고, 무엇보다 여전히 나는 이 일을 좋아했다. 그러면서 다시 내가 이런 열정을 품어도 되는 걸까 미안해졌다. 차라리 아무런 생각도 할 수 없게 마음이 무뎌지면 좋겠다고 생각했다. 종종 상상했다. 시간을 되돌려 이 회사에 오지 않았더라면 하고. 나는 내 선택을 후회하고 있었다. 이래저래 뒤엉켜버린 실타래는 나 혼자 풀 수 있는 게 아니었기에 더욱 무력하게 느껴졌다. 언제쯤 아무 걱정 없이 일만 할 수 있을까, 그런 날이 오긴 할까.

***

다음 날 식당에서 밥을 먹고 나오는데 비가 쏟아졌다. 파리의 변덕스러운 날씨에 적응하지 못한 나는 깜짝 놀라 급히 가방 속 우산을 뒤졌다. 하지만 어디로 갔는지 우산을 찾을 수가 없었다. 비를 피하려 뛰기 시작하는데, 주변 사람들은 여전히 천천히 걷고 있었다. 그렇게 걷다가 잠시 비를 피할 곳을 찾으면 슬쩍 비를 피하는 게 전부였다. 이곳에선 잠시 비를 맞는 게 전혀 어색할 게 없는 것처럼 보였다.

비가 언제 그치나 하늘을 살피는 나와 달리, 내 옆의 사람들은 바쁠 것 없다는 듯 여유로워 보였다. '지금 내게 필요한 건 이런 마음이겠구나. 꼬여버린 상황을 납득하기를, 이해하기를 멈추는 것.' 왜 나에게 이런 일이 일어난 걸까 생각할수록 상황에 대한 원망만 커질 뿐이었다. 그저 비가 오면 잠시 비를 맞고, 비를 피할 처마를 발견하면 비가 지나가기를 잠시 기다리면 된다. 비는 언젠가 그칠 테니까.

잠시 후 비가 그쳤고, 나는 지도를 보며 미술관을 찾아갔다. 그런데 이번엔 길을 잃고 말았다. 헤매다가 어딘가에 닿게 되었는데 근사한 풍경이 보였다. 여기가 어디인가 물으니 튈르리 공원이라고 했다. 그곳은 내가 파리에서 만난 가장 사랑스러운 풍경이었다. 분수 벤치에 둘러 앉아 폭포수처럼 쏟아지는 햇볕을 쬐고 있는 사람들에게 반해서, 나는 본래 목적지 대신 여기에 더 오래 머물기로 했다. 길을 잃었기에 만난 예상치 못한 행복이었다.

샌드위치를 먹는데 친구에게서 카톡이 왔다. "여행 잘하고 있어? 사진 보니까 힘들어 보이던데 그냥 지금을 즐겨!" 나를 생각해주는 누군가와 연결되어 있다는 감각이 전해지자 혼자 있는 게 더 이상 외롭지 않았다. 절대적인 응원을 보내주는 존재가 단 한 명이라도 있다면 괜찮을 수 있었다. 그러면서 나는 다시 고흐를 떠올렸다. 만약 고흐에게 동생 테오가 계속 곁에 있었다면 그는 다른 선택을 할 수 있지 않았을까? 의지할 곳을 잃어버렸기에 끝내 무너진 건 아니었을까.

*
* *

이후 회사는 조금 더 긴 어둠의 터널을 지났고 동료들은 여러 선택을 했다. 견디다가 휴직을 하기도 했고, 진짜 몸에 병이 나기도 했으며, 결국 퇴사를 하는 동료들도 있었다. 각자의 방식으로 비를 맞았다. 경험하고 싶지 않았던, 견딜 수밖에 없었던 그 시간은 내게도 무언가를 가르쳐주었다.

이미 한 선택에 대한 후회는 빨리 끊어낼수록 좋다는 것. 지금은 후회하고 있는, 과거의 그 선택도 난 분명 최선을 다한 것일 테니. 과거의 나를 원망할 수도, 이렇게 만든 듯한 누군가를 떠올리며 탓할 수도 있지만, 결과적으로 상황을 바꾸는 데는 별다른 도움이 되지 않는다.

대신 원하지 않았던 그 경험을 지금 어떤 방향으로 도

226

움이 되게 쓸 것인가, 이 질문만이 쓸모 있었다. 오직 나쁘기만 한 일은 없다고 생각한다. 일어나지 않았다면 좋았을 일도 그것을 계기로 생각과 경험의 폭이 넓어지거나 곁에 둘 사람을 보는 눈이 달라지기도 하니까. 인연이랄지 어떤 타이틀이랄지, 쉽게 내 손을 빠져나갈 수 있는 것들이 그다지 귀중하지 않다는 것도 깨닫게 됐다.

또한 인생을 보다 유연하게 살아갈 자세를 익혔다. 한동안 '망했다' 하는 절망감이 매일 찾아왔지만, 오히려 그 이후엔 계획했던 대로 인생이 흘러가길 바라던 마음에서 벗어나 자유로워질 수 있었다. 더 시간이 지나서는 그 당시 다녔던 여행지의 기억, 만났던 사람들이 두 번 다시 경험하지 못할 평생의 추억이 되었다. 그리고 보았다. 아무리 아등바등해도 의지대로 되지 않던 것들이, 안간힘을 써서 해결하려고 해도 해결되지 않았던 문제들이, 시간이 지나 저절로 풀리기도 한다는 것을.

시간이 지나야만 의미가 분명하게 보이는 것들이 있다. 당시엔 후회했던 선택이 결국엔 좋은 선택이 되었음을, 돌고 돌아왔기 때문에 만나게 된 것들이 있음을. 그러니 원하지 않았더라도 기왕 지나가야 할 시간이라면 괴로워하거나 좌절하기보다, 그럼에도 기대감에 무게를 실어보는 게 좋지 않을까. 지금의 시간이 훗날 어떤 의미로 남게 되리라 믿으면서. 나는 그것이 자신의 삶을 포기하지 않는, 더 좋은 곳으로 이끄는 긍정의 힘이라고 믿는다.

지치지 않고 오래 달리는 법

✳

¶

"나를 못 쉬게 꽉 쥐고 있었던 건,
다른 누구도 아닌 나 자신이었다."

프로 번아웃러. 번아웃이 주기적으로 찾아오는 사람.

내 평생 많이 들어온 수식어가 부지런하다, 책임감 있
다, 열정적이다, 독립적이다, 하는 유의 말이었다. 에너지
를 쓰는 만큼 번아웃을 달고 살았다. 사람마다 몰입하는
즐거움이 다른데, 나는 누군가를 사랑하는 것처럼 일에
몰입할 때 행복감을 느꼈다. 20대 때는 인정 욕구가 좀 더

강했다면 30대가 되어선 '좋아서' 하는 순수한 즐거움이 더 컸다. 그러다 보니 일 때문에 잠이 줄고 몸이 힘들어도 그렇게 아깝거나 힘들지 않았다. 취업을 위해 아등바등 매달리는 것에 비하면 지금의 커리어나 플러스알파의 확장은 훨씬 즐겁고 능동적인 작업이었다.

하지만 좋아하는 일을 하는 것은 그래서 더 위험했다. '노는 듯 일하고 있다'란 생각에 더욱 무리해서 일하게 되기 때문이다. 게다가 잠깐의 쪽잠만으로 금세 컨디션이 회복되다 보니, 더욱 체력을 과신하며 바쁜 일정에 중독된 듯 살아갔다.

어느 날은 방송을 하다가 오른쪽 가슴이 찌릿한 것을 느꼈다. '후흡, 후흡…' 가슴에 손을 얹고 숨을 의식적으로 깊이 들이마시고 내쉬었다. 새벽부터 저녁까지 시간을 쪼개 쓰는 일정이 이어지고 있었다. 쉬지 못하니 피곤한 게 당연했지만 무심결에 '그래도 괜찮겠지' 생각했다. 그날만 잠시 스쳐가는 증상일까 싶었는데 다음 날도, 다다음 날도 생방송 전에 찌릿 하는 증상이 튀어나왔다. 늘 몸이 제대로 빠개지는 경험을 하고 나서야 인정하게 되었다. '내가 지금 무리하고 있구나.' 초과해서 쓴 에너지만큼 하루의 피로들이 누적돼 갔고, 기어코 정신력으로는 극복할 수 없는 지경에 이른 것이다. 감정의 변화에는 예민하면서, 몸이 상황을 따라가지 못할 만큼 지쳤다는 건 잘 알아차리지 못하는 이유는, 그게 내가 평생 살아온 방식이기 때문이었다. 장점과 단점은 한 세트라더니, 열심의 자세와 번아웃은 호떡 뒤집듯 나를 따라다녔다.

＊＊＊

2009년, 보도 채널에서 내 인생의 첫 방송을 시작했다. 금융위기 이후 아나운서 공채가 뜸했던 해였기에, 일단 방송을 할 수 있는 다른 직종에라도 발을 디뎌보자 했었다. 단발머리에 하늘색 반소매 원피스를 입고 시험을 봤던 기억이 난다. 기상캐스터로, 계약 조건은 프리랜서였다. 프리랜서란 이름처럼 자유로울 줄 알았지만 정규직과 다름없는 출퇴근과 직장생활이었다. 입사 후 처음 통장에 찍힌 월급은 200만원보다 적게 고정값으로 책정되어 있었는데, 이 직종에선 나처럼 정확히 월급이 얼만

지 알지 못하고 시험에 응시하거나 입사하는 경우가 다반사다. 월급이 실망스럽지 않았다면 거짓말일 것이다. 하지만 당시엔 그보다 경험할 수 있는 기회가 더 중요했다. 너무나 좁은 관문인 방송국 입사를 꿈꾸는 입장에서 아쉬운 건 늘 취업준비생일 수밖에 없으니까.

방송국 생활이 처음이니 분장실에서 메이크업을 해주는 것이나 스튜디오에서 익히는 모든 것들이 얼마나 신기했을까. 아직 학생 티를 벗지 못한 나는 대학 시절과 다름없이 선배들과 관계를 쌓아가고 일을 처리했다. 그러나 이곳은 프로들의 일터이자 위계가 있는 직장이었다. 몇 번 호되게 지적받은 뒤에는, 같은 일로 또다시 혼나지 않겠다 다짐하고 더 '빠릿'하게 움직였다. 저녁식사 시간이 되면 함께 근무하는 선배들에게 주문을 받아 테이블에 바로 식사할 수 있게 발 빠르게 세팅했고, 중식당에서 포장되어 오는 비닐랩을 젓가락 가장자리로 슬슬 밀어 벗겨내는 데도 차츰 도가 텄다. 학창시절에 선생님 말 잘 듣는 모범생으로 성장해온 습관은 이게 문제다. 그렇게까지 하지 않아도 되는 일을 필요 이상으로 열심히 하니까. 왜 막내가 이걸 다 해야 하는지 불만이 없었던 건 아니지만 그 시절엔 그게 오히려 내가 편안해지는 길 같았다. 여하튼 이리저리 '눈치' 안테나를 온종일 세우고 나면, 퇴근 후 파란 버스 안에선 녹초가 되어 있었다.

몇 달 뒤 수습을 떼고 본격적으로 방송에 투입됐다. 저녁근무를 맡게 된 어느 날, 날씨 원고를 쓰고 있는데 앵커 선배가 맞은편에서 뉴스를 준비하고 있는 모습이 보였다. 사실 그 선배에 대해선 그다지 호감이 아니라고 생각했다. 늘 도도한 무표정에 인사를 해도 쌩, 제대로 받는 법이 없었으니까. 그러다 윗사람을 마주치면 반달눈이 되는 걸 보고 '좀 별로네' 싶었다. 그런데, 그 '재수' 선배가 그날 왜 이리 멋져 보이는지 자꾸 눈이 갔다. 스튜디오에 들어가 앵커 석에 앉아 있는 모습은 내가 봐도 반할 지경이었다. '재수 없는 것과 별개로 진짜 멋있다…'

본격적으로 하고 싶은 일을 해야겠다는 생각에 예상했던 것보다 더 일찍, 입사 반 년 만에, 회사를 그만두었다. 아나운서 시험을 제대로 준비하자 다짐했기 때문이다. 이후 몇 번의 이직을 거쳐 돌아돌아 아나운서로 일하고 싶었던 방송국에 입사했다.

그러니까, 이런 날들은 분명 내가 바라던 순간이었다. 마음껏 일할 수 있다면 바랄 게 없겠다 간절히 꿈꿨었기에, 방송 때문에 힘들다는 불평은 감히 상상할 수도 없었다. 프로그램 하나, 코너 하나하나가 너무나 소중하게 여겨지는 마음은 10년이 지나도 달라지지 않았었다. 하고 싶었던 일을 넘치게 하고 있으니 얼마나 감사한 일인가!

***

하지만 결국 인정해야 했다. 좋아하는 일도 괴로워지는 순간이 있다는 것을. '너무 힘들어…' 몸과 마음이 완전히 지쳐버렸다. 번아웃 된 것이다. 다음 날, 프로그램을 담당하는 부장에게 말했다. "선배님, 드릴 말씀이 있어요. 지금 프로그램에 애정도 많고, 제작진분들과 일하는 것도 정말 좋은데, 체력이 버거워서…" 말을 제대로 마치지 못하고 흐렸다. 그동안 어떤 제안이든 기쁜 마음으로 수락하는 '예스맨'이었고, 무언가를 '못 하겠다' 말하는 게 스스로 용납이 안 되는 기분이었다. 얼음호수에 '빠지직'

금을 내는 느낌이랄까. 당연히 '무엇 때문이냐' 물을 줄 알았던 선배는 더 묻지 않고 말을 거들었다. "어떻게 버티나 했어. 네가 웬만해선 이런 말을 안 할 텐데, 조정해줄게."

며칠 뒤, 야근을 하다 화이트보드에 적힌 아나운서국 선후배들의 이름을 하나둘 살펴보았다. 몇 년 전에는 50명 넘는 이름들로 가득 채워져 있었는데 수가 많이 줄어 있었다. 그사이 누군가는 퇴사를 했고, 누군가는 새로 입사를 했다. 회사의 상징과 같았던 이도 시간이 지나며 자연스레 잊혔고, 또 다른 이가 그 자리를 채웠다. '누구 아니면 절대 안 돼'라는 것이 존재할까? 그렇게 생각하니 번아웃 된 걸 말해도 될까 고민하며 스스로를 꽉 쥐고 있었던 건, 다른 누구도 아닌 나 자신이었다는 생각이 들었다. 멈추거나 쉴 수 없는 상황이라고 생각했지만 내가 나를 편하게 하고자 하면, 충분히 편안하게 할 수 있었던 것이다.

번아웃이 왔다는 것을 인정해야 비로소 나를 되돌아볼 여력이 생긴다. 처음엔 좋아서 시작한 일이었지만 어느새 눈덩이 굴러가듯 커지면서 그 안에 무거운 책임감,

인정욕구, 불안함 등이 뒤섞이게 됐음을 알게 되는 것이다. 굴러가는 쳇바퀴를 멈춰야, 내려놓을 것은 내려놓고 우선순위를 재조정할 수 있게 된다. 몇 번의 번아웃을 겪은 후 나는 소홀히 했던 쉬는 시간, 몸을 회복하는 시간을 절대 무시하지 않기로 했다.

그래서 다시 달리기를 시작했다. 이젠 시간이 남으면 달리는 게 아니라, 저녁 바람이 선선해질 때쯤 자리를 정리하고 한강으로 나간다. 달리기를 하면서 일하는 방식과 매우 비슷한 면이 있음을 알게 됐다. 초반에 스퍼트를 하면 금세 지쳐버리지만, 긴 구간에 체력을 일정하게 분배하면 지치지 않고 오래 달릴 수 있다. 나는 무슨 일을 시작하면 의욕이 활활 넘쳐서 처음부터 전력질주를 하는 사람이었다. 덕분에 어떻게든 뭐라도 해내긴 하지만 서서히 달리는 재미를 잃어버리는 쪽이었다.

트레이너는 달리는 동안 계속해서 '페이스 조절'을 강조했다. 1분 구간 달리기와 30분 구간 달리기 속도가 일정하도록 만들라는 것이다. 그 말을 들으면 초반에 조금 무리해서 빨리 달릴까 싶던 욕심을 버리고 지속가능한 페이스로 시작할 수 있었다. 전력질주 30분은 불가능하지만 체력을 분배하며 달리는 30분은 해볼 만했다. 오래 달리고 나서도 그다지 힘들지 않았다.

또한 트레이너는 통증이 느껴지면 절대 그냥 넘기지 말기를 당부했다. 달리다가 혹시 가슴이나 옆구리, 발목 등에 통증이 견딜 수 없게 느껴진다면 바로 운동을 멈추라는 것이다. 지금 무리해서 몸을 망치면 지난 훈련이 모두 물거품이 된다면서. 너무 힘들면 중간에 포기해도 된다는 그 말이 또 어찌나 마음을 편안하게 해주던지. 지금까지 달린 것이 아까워서, 중간에 쉬어가는 것이 왠지 부끄러워서, 나를 이기지 못했다는 자책이 두려워서, 무리해서 몸을 이끌다간 당장 오늘의 목표는 이루더라도 장기적으론 좋지 않다는 말이었다.

"견딜 수 없는 통증이라면 미련 없이 그만두는 게 좋습니다. 약간의 통증은 이겨내는 게 맞지만, 큰 통증을 느끼면서도 계속 달리는 건 절대 아름다운 모습이 아닙니다."

오래 달리기 위해 일정한 페이스를 유지할 것, 견디기 힘든 통증이 생긴다면 반드시 쉬어갈 것. 달리기의 이 두 가지 법칙은 내게 일하는 데 있어 지켜야 할 중요한 원칙이 되었다.

변명할 줄 아는 사람

¶

"정신과에 오는 사람들은 다들 열심히 사는 사람들이에요.
대충 사는 사람은 절대 정신과에 안 와요."

'번아웃'에 대한 주제로 방을 열자 많은 직장인들이
괴로움을 토로했다. 가장 먼저 직장인 A님이 이야기를 시
작했다. 그는 군 전역 다음 날부터 바로 일할 만큼 열정이
넘쳤다고 했다. 스스로를 채찍질 하는 만큼 주변에서 늘
좋은 평가를 받았고, 이에 대한 자부심도 강했지만 결국
체력과 정신이 모두 무너졌고, 매일 도망가고 싶은 마음

만 들었다고 했다.

　나는 이런 번아웃 증상이 왜 발생하는지, 어떻게 바라봐야 하는지에 관해 전문가의 견해를 듣고 싶었다. 그래서 정신과 박종석 원장님에게 혹시 이에 대한 조언을 해줄 수 있을지, 전문적인 코멘트를 구했다. 원장님은 흔쾌히 지혜를 나누어 주었다.

　"우리가 흔히 착각하는 게 있습니다. 일을 잘하고 있거나 회사에서 인정받는 사람은 번아웃이 안 올 거다 생각하는 거예요. 하지만 겉으로만 괜찮게 보이는 것뿐입니다. 백조가 물 밖에서는 편안해 보이지만 물안에서 열심히 발을 구르고 있잖아요. 사실 번아웃의 치료법은 간단합니다. 쉬면되지요. 예를 들어 언제든지 두 달간 하와이에 갈 수 있다면 쉽게 치료가 되겠죠. 하지만 그럴 수가 없잖아요. 경제적 자유, 시간적 자유를 누구나 가질 수 있는 게 아니고요. 이럴 때 나는 왜 쉬어가지 못할까 하는 생각이 더 큰 우울감을 불러올 수도 있어요."

A님이 답했다.

"이해해주시니 눈물 날 것 같네요. 사실 제가 지금 정신과 상담을 받고 있습니다. 여러 압박감을 견디지 못하고 주어진 일을 포기해버린 적이 있거든요. 그때 자존감이 막 무너지는데… 감당이 안 됐어요. 그동안 받아왔던 신뢰와 괜찮았던 평가들이 다 사라지는 듯했습니다. 이럴 때 어떻게 해야 할까요?"

원장님이 말했다.

"번아웃에 빠지는 사람들이 이런 착각을 합니다. 내가 나약해서 번아웃에 빠진다고요. 그게 아닌데 말이죠. A씨는 변명을 안 하는 사람인 거예요. 스스로에게 엄격하고, 타인의 눈치를 보고, 또 자신의 눈치까지 보는 것입니다. 변명하지 않고 내 탓을 하는, 자아의 이상이 높은 사람이에요. 스스로에게 높은 미션을 책정해놓고 이루지 못하면 채찍질을 하는 건데, 아마 처음에는 그것이 성장의 동기가 되었을 겁니다. 또래보다 좋은 연봉에 사회적 지위를 갖게 되었고요. 그런데 시간이 지날수록 지쳐가면서 번아웃이 오고, 이젠 내 몸을 깎아먹는 상태가 된 거죠."

원장님은 이럴 때 본인의 상태가 '고장' 났다고 생각하지 말고 자신에게 너그러워져야 한다고 말했다. 열심히 마라톤을 했다면 당연히 스스로를 칭찬해주어야 하는데, 우리는 도리어 훈장 대신 스스로를 한 번 더 혼낸다고, 그렇게 되면 당연히 마음은 갈 곳을 잃을 수밖에 없지 않겠느냐는 것이다.

"정신과에 오는 사람들은 다들 열심히 사는 사람들이에요. 대충 사는 사람은 절대 정신과에 안 와요. 심리서적, 자기계발 서적 읽으며 뼈 빠지게 고민하는 와중에 정신까지 갈아 넣는 거죠. 헬스장에 가는 사람들이 자기 몸에 관심 있는 사람들인 것처럼요. 정신과에 오는 이는 본인의 정신을 가꾸러 오는 사람인

242

거죠. 이기적이어서 오는 게 아니라 착해서 와요. 내 가족, 주변 사람들에게 상처주지 않으려고요. 그러니까 정신과에 온 분들은 행복해질 자격증을 받았다고 생각하셔도 됩니다. 번아웃, 우울증을 부끄럽게 여기지 말고 자랑스럽게 생각해줘야 한다고요."

나도 이전에는 일이 버겁게 느껴져도 상황을 조정하기보다 스스로를 더 다그치는 사람이었다. '내가 더 시간 관리를 잘 한다면', '잠을 조금 더 줄이면' 하는 식으로 엄격한 잣대를 내밀었었다. 피로감을 다스리는 것 또한 프로의 역할이라 생각하며 더 욱여넣었다. 하지만 그러는 사이 몸과 마음은 더욱 더 망가지고 허물어졌다. 사람들과 번아웃에 대해 이야기한 날, 나는 확실히 깨달았다. 번아웃이란 나약해서가 아니라, 회피하고 싶어서가 아니라, 너무 열심히 살아온 사람에게 찾아오는 '반응'이라고 말이다. 이제는 그렇게 갈아 넣는 방식과 이별하겠다고 다짐했다. 원장님의 말이 이어졌다.

"변명할 줄 아는 사람이 되세요. 가끔은 남 탓도 하세요. 그렇게 하는 게 멋지지 않다 생각할 수 있지만 자신을 탓하는 것이 더 미성숙한 일일 수 있어요."

A님이 말했다.

"한번 노력해볼게요, 막 살아볼게요."

이후 A님은 다짐을 잘 지켜나갔을까. 아마 쉽지만은 않았을 것이다. 전력질주에 익숙한 사람은 스스로 편안해지는 것을 비정상적이라고 느끼곤 하니까. 하지만 '책임감이 약한 사람이라는 비난을 듣지 않을까' 하는 걱정은 스스로 만들어놓은 두려움일 때가 많다. 지금 보살피고 조정하지 않으면 결국 정말 몸이 망가져서 그만둬야 하는 상황이 올 수 있다. 그땐 이렇게 후회하지 않을까. '무엇을 위해, 누구를 위해 그렇게 열심히 살았을까?' 하고.

서로 경험을 나누는 내내 우리는 공감했고 형용할 수 없는 에너지가 차오르는 것을 느꼈다. 나만 겪는 일이 아니라는 확인, 나아질 수 있다는 증언들이 수고한 서로를 보듬고 토닥여주었다. 우리를 날카롭게 찌르는 감정들은 때론 함께 나누면서 둥글게 마모되고 부드러워질 수 있다.

***

나는 다른 사람들에게도 번아웃을 받아들이고 이겨내는 자신만의 방식이 있는지 물었다. 여러 사람의 이야기를 들으면서 나는 울퉁불퉁한 길을 무탈하게 지날 수 있는 수십 가지의 도구를 받은 것처럼 든든해졌다.

"커피로 몸을 각성시키는 것처럼 감정을 각성시키려는 습관이 있었어요. 내가 힘든 상태라는 걸 인정하면, 그대로 주저앉아버릴 것 같아서 아니라고 최면을 걸었던 거죠. 그러다 번아웃이 크게 왔어요. 힘들다고 인정하는 게 회복하는 첫걸음 같아요."

"힘들다는 이야기를 누군가와 나누는 게 상대의 마음까지 너무 무겁게 만들진 않을까 걱정했어요. 그런데 막상 나누니까 사람들이 제 말에 공감하면서 자신들 고민도 터놓더라고요. 서로 위로하고 힘도 얻고요. 특히 고객에게 받는 스트레스는 함께 일하는 동료들과 나누고 깨끗이 잊히는 경우가 많았어요."

"코로나로 회사 사정이 어려워지면서 해고가 됐었어요. 부모님이 이 소식을 접하시고 너무 슬퍼하셨고요. 다시 취업하려고 서류를 200통 이상 넣었었죠. 그런데 이전 회사와 소송 중이라는 것을 안 새 회사들이 면접 볼 때마다 불이익을 주더라고요. 내가 해결할 수 있는 문제가 아니란 생각에 무력해졌어요. 그때 부모님이 이렇게 말씀해주셨어요. '번듯한 직장에 다니지 않아도 너는 내 딸'이라고요. 저는 부모님 덕분에 이겨냈어요. 그리고 그때는 너무 힘들었는데, 시간이 지나고 나니 옳은 일을 위해 나의 의견을 주장하는 게 옳았다는 생각을 해요."

"시간이 지나도 난 왜 계속 힘들까 하는 생각이 스스

로를 갉아먹었어요. 회사는 나를 보호해주지 않는데 열심히 일해야만 하는 상황이 억울하기도 했죠. 이럴 때 오히려 일 말고 다른 개인적인 삶의 즐거움을 찾으니 도움이 됐어요. 평소 관심 있었지만 시도하지 못했던 일을 지금 상황에서 가장 부담이 되지 않을 정도로만 시간을 내 시작해봤어요. 지금은 '내가 일 말고도 하고 싶고, 잘할 수 있는 일들이 있다'는 생각에 활력을 얻고 있어요."

"본인의 동력원을 찾아내는 사람이 번아웃을 잘 극복하는 것 같아요. 취미를 가꾸면서 퇴근 후엔 거기에서 에너지를 수급하는 것이죠. 일만 하면 당연히 지칠 수밖에 없어요."

"저는 방송국에서 작가로 일해요. 그리고 5분 전에 다니던 직장을 그만두기로 결심했어요. 극단적으로 들릴 수 있지만, 상사나 동료 관계에서 도무지 해결 방법이 보이지 않고, 번아웃까지 왔을 땐 그만두는 방법밖에 없더라고요."

"6년 차에 무기력증이 심하게 왔어요. 그 전에는 주
말 근무를 해도 괜찮았는데, 막상 맥이 빠지기 시작
하니 절벽에 몰린 것처럼 위기감이 들더라고요. 그때
상사가 본인이 반액을 내줄 테니 속는 셈 치고 명상
센터에 다녀오라고 조언을 해줬어요. 저는 명상을 하
면서 제 감각들이 하나씩 깨어나는 걸 느껴요. 일상
에서 감사하지 못했던 것들을 다시 생각하게 됐고 무
엇보다 저를 다시 돌아보고 커리어와 방향성을 재조
정해야겠다 생각하게 됐어요."

"저는 계약직으로 취직해서 교대근무로 일하다가 정
규직이 되었는데요. 정규직으로 일하면서 생각지도
않게 번아웃이 왔어요. 규칙적인 생활이 이어지니까
일상이 루즈하게 느껴지는 거예요. 그래서 수영도 하
고 운동도 다니며 극복했었는데, 요즘 다시 우울증이
왔거든요. 알고 보니 뭔가를 계속 해나가고 목표를

세우는 것에 중독되었던 것 같아요. 오늘 이야기를 들으면서 편안한 저의 상태도 좋게 받아들일 수 있어야 한다고 깨달았어요."

순수하게, 전력질주!

"요즘 말하는 '부캐'란

이런 것이 되어야 하지 않을까 생각했다."

함께 방송을 진행하던 후배 정현이 언제부턴가 피아노에 매진하기 시작했다. 그때 나는 첫 책을 쓰고 있었고 정현은 피아노 레슨을 다니기 시작했는데 그냥 취미 정도가 아니라 퇴근하고 나면 몇 시간이고 연습실에 눌러 앉아 지칠 때까지 피아노만 치다 집으로 돌아가는 날이 많다고 했다. 몇 달 뒤엔 아마추어 콩쿠르에 출전해서 대학 청년 피아노 부문 동상을 수상했고, 오늘은 그 콩쿠르에서 수상한 연주자들의 아마추어 연주회가 열리는 날이었다.

비가 내리는 날 일요일 오후 3시였고, 무대가 바로 정면으로 보이는 좌석이었다. 오늘의 연주자 중 한 명이면서 공연의 사회를 맡은 정현이 무대에 등장했다. 그동안 여러 방송을 진행하는 것을 봐왔지만 오늘 제일 잘한다는 생각이 들었다. 좋아하고 또 잘 아는 것에 대해 설명하려니 에너지까지 더해져 반짝반짝 빛을 발한 것이다.

두 번째 무대에 검정 수트를 입은 남성이 등장했다. 어색한 발걸음으로 무대 중앙으로 걸어 나오는데 표정이 전혀 신나 보이지 않았다. 슬퍼 보이기까지 했는데, 무대를 여유 있게 즐기기보다 긴장하는 모습이 관객의 시선에선 되레 풋풋하고 신선하게 다가왔다. 90도보다 더 깊이 숙여 관객에게 인사를 한 후 피아노 앞에 앉았다.

그런데 연주를 시작하자 조금 전까지 쑥스러워하던 표정은 온데간데없고 손이 건반 위를 날아다니는 것 아닌가. 솔직히 말해, 아마추어 콘서트에 대해 갖고 있던 편견이 완전히 깨지는 순간이었다. 그는 몰입해서 연주를 마치고는 다시 슬퍼 보이는 얼굴로 100도로 허리를 숙여 인사하고 퇴장했다.

어떤 사람들일까, 출연자들에 대한 궁금증이 생겨 팸플릿을 열어봤다. 각자 적은 소개글이 흥미로웠다. 누군가는 미술치료사로 상담을 하면서 본인도 우울의 기저를 갖게 돼서 치유로 시작하게 됐다고 했다. 변리사, 정신과 의사 같은 전문직도 있었고 평생 피아노를 즐겨왔다는 주부님도 계셨다. 어릴 때 피아니스트의 꿈을 키웠지만 입시를 앞두고 갈림길에서 결국 다른 길을 택했었다는 대학원생도 있었다. 이런 무대에 설 기회가 흔치 않다면서 진심으로 감사해하는 마음이 빼곡했다.

각자의 영역에선 프로로 활약할 이들이 이 무대 위에선 가장 순수한 열망으로 서 있었다. 연주를 시작하기 전 잠시 기도하는 듯한 제스처를 하거나, 손수건을 들고 와서 조용히 건반을 닦는 이도 있었다.

이후 정현이 다시 등장했고 이번엔 자신의 무대도 있다면서 곡을 소개했다. 곡의 제목은 〈엄격 변주곡〉이었고 무려 17번의 변곡이 있는 곡이라고 했다. "이 곡을 좋아하는 이유를… 저도 모르겠어요. 그냥 좋아요. 여러분도 들어보시면 빠져들 겁니다." 너무 좋아서 숨길 수 없는 감정이 새어 나왔다.

정현의 무대를 보고 내 옆자리의 선배는 "선우예권보다 잘한다!"고 극찬을 했다. 사실 그것은 조금 과장이다 싶었지만, 정말 일취월장이었다. 온몸을 이용해 연주하는 모습에 관객들의 마음도 한마음이 되어, 연주가 진행될수록 무대 중심으로 모인다는 것을 느꼈다.

아마추어라는 것, 요즘 말하는 '부캐'란 이런 것이 되어야 하지 않을까 생각했다. 좋아하는 일에 아낌없이 시간과 에너지와 또 돈을 들이는 것이 아깝지 않은 것. 그런 무엇.

정현이 무대를 마치고 말했다. "무대가 끝나면 홀가분할 줄 알았는데 마음이 더 무거워졌어요. 단 한 번의 기회라는 건 늘 아쉽네요." 단 한 번의 기회를 위해 오랜 시간 준비하고 보여주는 시간. 그런 자극과 떨림이 없다면 얼마나 무료해질까. 연주회를 보고 나오는 길에 나 또한 무언가에 다시 순수하게 전력질주 하고 싶어졌다. 그런 대상이 있는 한 인생은 지루해지지 않을 테니. 그리고 연주회건, 마감이건, 정해진 목표와 기한을 두는 것도 꼭 필요하다고 생각했다. 혼자만의 연습실이나 작업실에서 나와 결과물로 보여주는 것은 부담스럽지만 또 그만큼 기대되는 일도 없는 법이니까 말이다.

라디오뉴스 부스 안에서

¶

"라디오뉴스는 그야말로 시간을 맞추는 센스와
리딩실력이 낱낱이 까발려지는 시간이다."

잘 드러나지 않는 아나운서 업무들이 몇 가지 있는데
대표적인 예로 숙직과 주말근무, 그리고 또 하나가 '라디
오뉴스'가 아닐까 한다. 아침 5시부터 저녁 11시까지 매
정시가 되면 표준 FM 95.9MHz에서 "MBC ○○시 뉴습
니다"라는 멘트로 시작하는 3분가량의 뉴스. 택시 안에서
혹은 운전을 하다가 구둣방 등에서 들리는 그 라디오뉴

스 말이다.

'라디오뉴스'가 잘 드러나지 않는 업무인 이유는, 라디오 매체 자체가 얼굴이 보이는 게 아니다 보니 아나운서의 존재감이 잘 부각되지 않고, 다른 라디오 진행 프로와 달리 어떤 감정이 느껴지지 않게 팩트만 전하는 '정석형' 뉴스이기 때문이다. 누가 진행하는지 유심히 살펴볼 이유가 그다지 없기도 하다.

그런데 아나운서들에겐 이렇게 대외적으로 큰 존재감 없어 보이는 라디오뉴스가 사실은 참 떨리는 방송이다. 물론 사람마다 차이가 있겠지만 나처럼 다른 방송보다 더 긴장된다는 동료들이 꽤 있다. TV 생방송이나 뉴스에서 혹은 녹화 방송에서도 느끼지 못했던 긴장감이 라디오뉴스에 있는 이유는 뭘까?

우선 정석에서 벗어나는 것들이 거의 허용되지 않는다는 점이 가장 클 것이다. 라디오뉴스에서는 어떤 애드리브나 기교를 부리는 것이 잘 상상되지 않는다. "MBC 3시 뉴습니다"로 시작해서, "임현주였습니다, MBC 3시 뉴스를 마칩니다"로 정중하게 끝나는 틀이 있는데 갑자기

생뚱맞게 다른 구어체를 쓸 수 있는 분위기가 아니니까.

　다른 곳으로의 분산 없이 나의 오디오로만 뉴스를 잘 전달해야 하는 것이 정면승부처럼 느껴지기도 한다. 한마디로 오디오와 리딩실력이 낱낱이 까발려지는 시간이다. 컨디션이 좋은 날은 만족스럽게 마침표를 찍기도 하지만 버벅이는 날은 제발 이 라디오뉴스를 아무도 안 들었으면 하고 기도한다. 꼭 그런 날은 지인들이 "운전하는데 라디오뉴스 잘 들었어!" 하고 연락을 해온다. 저기, 원래 나 그것보단 좀 더 잘해, 알지?

　라디오부스 마이크 앞에서 5, 4, 3, 2, 1, 생방 시작 전 줄어드는 시간을 보고 있자면 가끔 이런 상상을 한다. '갑자기 호흡곤란이 와서 쓰러지면 어떡하지?' 컨디션이 좋지 않은 날엔 간혹 발바닥에 땀도 난다.

　만약 불상사로 정적이 3초 이상 길어진다면 방송사고가 된다. 바깥에 있던 제작진의 평화도 순식간에 뒤집힐 것이고. 갑자기 광고로 넘어가고, 누가 라디오뉴스를 하는지 평소에 전혀 의식하지 않던 청취자들은 대체 이런 사고를 낸 아나운서가 누구인지 귀를 쫑긋하게 될 것이다. 그렇게 되면 경위서는 기본이요, 일이 커지면 포털 뉴스도 장식하게 될지 모른다. 물론 그건 상상하고 싶지 않은 일이다. 때문에 어떻게든 내가 이 시간을 잘 커버해야 한다는 사실이 긴장감을 유발한다. 혹여 기침이 나올 상황을 대비해서 부스 안에는 기침할 때 오디오가 무음이 되는 빨간색 버튼이 있다.

라디오뉴스에서 가장 어렵고도 중요한 기술은 바로 시간 맞추기다. 대부분 3분 9초의 뉴스인데 마지막 뉴스는 예외 상황을 제외하고 꼭 날씨로 끝나야 한다. 그래서 일반 뉴스를 읽다가 시간을 확인하고 마지막 날씨 뉴스로 넘어가야 하는데, 날씨 원고가 그때그때마다 길이가 다르니 몇 초가 소요되는지 미리 계산을 해둔다. 만약 30초 정도라고 하면 이전 뉴스원고를 30초 정도는 남겨두고 마무리해야 한다. 만약 뉴스 마지막에 앵커의 목소리가 조금 느려지거나 급격히 빨라지는 것을 느낀다면 계산한 시간에서 오차가 생긴 상황일 것이다.

이런 불안한 증상이 심각해지면 공황이 오기도 한다. 한 아나운서는 실제로 본인이 사표를 썼던 이유에 대해,

뉴스를 진행하는데 어느 날부터 그 시간이 너무 부담스럽게 느껴지고 목소리가 떨리기 시작했다는 이야기를 털어놓았다. 잘 나가던 예능인들이 공황장애나 다른 심리적 어려움을 토로하며 휴식기에 들어가는 것도 비슷한 연장선일 것이다. 방송을 하다가 어떤 계기로 트라우마가 생겼을 수도 있고 혹은 개인적인 굴곡이 심리에 영향을 미쳤을 수도 있다.

그 일을 해보지 않으면 알 수 없는, 겉으로 드러나지 않는 고충이 있기 마련이다. 개인적인 사정과 상관없이 늘 한결같은 텐션을 유지해야 하는 일들이 있고, 쉬고 싶지만 쉬어갈 수 없는 날도 있다. 떨리지만 감추어야 하는 일들, 슬퍼도 내색하지 않아야 하는 순간들이 있다.

그리고 그 순간을 잘 넘기는 것, 그게 '멘탈 싸움' 아닌가 싶다.

다 한때야

¶

"떠나는 순간, 한순간에 나와 무관해질 것들이었다."

자우림 콘서트를 다녀온 후엔 출근길에 한동안 자우림 노래를 들었다. 어느 날은 〈스물다섯 스물하나〉를 듣다가 눈물이 핑 돌았다. 이미 숱하게 들었던 노래 가사의 어느 부분이 유난히 귀에 꽂히면서 어느 순간을 소환하는 때가 있지 않은가. '그때는 아직 꽃이 아름다운 걸 지금처럼 사무치게 알지 못했어'라는 노래가사처럼, 지금 당연하고 익숙한 것들도 언젠가는 모두 과거가 되어버릴 거라는 사실이, 그 순간들이 얼마나 소중했는지 이제는 알지만 결코 그때로 돌아갈 수 없다는 사실이 세월의 유한함을 느끼게 했다.

언젠가 선배가 말했다.

"다 한때야. 매일 이렇게 같이 프로그램 진행하고, 자주 밥 먹고, 다 같이 부대끼며 사는 것 같지만 그러다 갑자기 뚝 끊겨. 친했던 동료도 회사 밖을 나가게 되면 거의 만나지도 못하고. 그렇게 되더라."

그 말을 했던 선배도 결국 퇴사를 했다.

나는 어떤 일이 지겨워지거나 힘들 때, 사람에 부대껴서 퇴사를 상상할 때면 그 말을 떠올렸다. 다 한때라는 말이 묘하게 마음을 진정시켜줬다. 차분해지기도 했다. 내가 놓는 순간 한순간에 나와 무관해질 것들이니까. 지금의 갈등과 어려움, 이 모든 것들이 삶의 큰 그림에서 본다면 희석되어, 참 열심히 부대끼며 살아온 추억의 한순간이 될 테니까.

프리랜서를 한 선배들이 공통적으로 하는 말이, 그렇게 당연하고 때론 지겹게 느껴지던 출퇴근길인데 이제는 방송국에 들어오려면 임시 출입증을 받아야 하는 게 이상하기도 하고 또 설레는 이벤트처럼 느껴진다는 것이었다. 나의 회사가 이렇게 특별한 곳이었구나 하고. 언젠가 내게도 그런 날이 올 것이다. 출근길 신호가 걸리면 빨간불에 초조해하던 순간까지도 사무치게 아름답고 그리워지는 날이. 그래서 가끔 당연한 장면들을 카메라에 담는다. 정돈되지 않은 내 자리 책상을, 조용한 회사 복도를, 창문 너머 바깥 철길을. 나중에 그리워질 순간에 꺼내볼 장면들을 기록하기 위해서.

지독히 사랑하고 또 미워하기도 하는 나의 일, 내 곁의 사람들. 영원하지 않다는 사실을 떠올리면 마음의 긴장과 주름이 펴지는 기분이 든다.
그리고, 나를 격려한다. 수많은 기복 속에서 잘 버텨냈고, 잘 해내고 있다고. 우리의 날들이 함께 쌓이고 있다. 매일을 헤매고, 또 해내면서.

우리는

매일을

헤매고,

해내고

ⓒ 임현주

초판 1쇄 발행 2021년 10월 10일

초판 3쇄 발행 2022년 2월 7일

지은이 임현주

펴낸이 이상훈

편집인 김수영

본부장 정진항

편집2팀 허유진 이현주

마케팅 김한성 조재성 박신영 조은별 김효진 임은비

경영지원 정혜진 엄세영

펴낸곳 (주)한겨레엔 www.hanibook.co.kr

등록 2006년 1월 4일 제313-2006-00003호

주소 서울시 마포구 창전로 70 (신수동) 화수목빌딩 5층

전화 02)6383-1602~3 팩스 02)6383-1610

대표메일 book@hanien.co.kr

ISBN 979-11-6040-665-8 (03810)